LA LITTÉRATURE FRANÇAISE

SYLVIE GERMAIN

LES PERSONNAGES

1984BOOKS

페르소나주

실비 제르맹 지음 • 류재화 옮김

일러두기

* 본문 안의 각주는 모두 옮긴이의 것이다.

배회증(徘徊症)*

어슴푸레한 문자들이 나에게 이렇게 말해왔다.

써라, 그래야 존재할 것이다.

읽어라, 그래야 발견할 것이다.

−마흐무드 다르위시**

---

*　배회증(徘徊症): 특별한 목적지 없이 여기저기를 배회함 또는 그런 증상. 정신의학적 용어의 느낌을 일부러 살렸다.

**　Mahmoud Darwich(1941-2008)는 팔레스타인 태생의 시인으로 팔레스타인 작가연맹 회장을 지냈고 스무 권이 넘는 시집을 냈다.

1

어느 날, 그들이 거기 와 있다. 어느 날, 몇 시인지는 중요하지 않다.

그들이 어디에서 오는지, 왜 오는지, 어떻게 오는지 우리는 모른다. 다만 늘 그렇게 느닷없이, 난입하듯 온다. 그렇다고 소란스러운 것도 아니다. 기물을 파손하는 것도 아니다. 그들은 기막힐 정도로 신중하게 벽을 통과해 온다.

그들이라니? 그들은 '페르소나주'*들이다. 그렇다, 소설 속 등장인물들이다.

그들에 대해서는 아무것도 모르지만, 대번, 존재감을 발휘하리라는 것을 직감한다. 그러니 그들을 못 본

---

* Personnages: 이 책의 원제목이기도 하다. 소설가가 구현하는 등장인물을 뜻하지만, 중세 종교어에서는 중요하고도 선한 영향력을 미치는 사람을 뜻하거나 어떤 극적인 상황에 처해 있는 인물을 뜻했다. 근대 이후에는 주로 소설 속 등장인물을 뜻한다. 엄밀히 말하면, 역사적 일화나 가공한 상상적 이야기에서 끌어낸 주제를 재현하는 자라는 의미를 갖는다.

척 해봐야 소용없다. 그들을 무시, 아니 멸시함으로써 절망감을 안겨주어도 소용없다. 그들은 항상 거기 있을 테니까.

거기에, 우리 안에, 아니 우리 두개골 이마뼈 바로 뒤에 그들은 있다. 어둠에 휩싸인 깊은 동굴 내벽에 새겨진 그림처럼. 처음에는 흐릿하다가 이내 선명해지는 그림처럼.

거기에, 비몽사몽의 경계에, 의식의 문지방에 그들이 있다. 그들은 이 얇은 경계를 흐려놓는다. 국경의 밀수꾼처럼 민첩하게 경계를 넘어오는가 하면, 경계 자체를 옮겨 놓거나 뒤튼다.

갑자기 당신에게 달려들어 자기 몫을 내놓으라 요구하는 거지처럼 아무 말도 하지 않고, 움직이지도 않고, 원하는 것을 얻기 전에는 절대 그 자리를 떠나지 않을 사람처럼 거기, 불안정한 문지방에 버티고 서 있는 것이다.

아무 말도 하지 않고, 손도 내밀지 않고, 당신 눈을 똑바로 쳐다보지도 않는데, 이 거지는 도대체 무엇을 원하는 걸까?

그들은 자기 얼굴을 보여주지 않는다. 그저 옆얼굴, 그러니까 얼굴의 4분의 3을, 아니면 그저 등만 보여줄 때도 있다. 어떤 자들은 서 있고, 어떤 자들은 앉아 있거나 누워 있다. 그들의 방문이 이루어지는 내내(몇 달이 될 수도 있고 몇 년이 될 수도 있다), 그들은 위치를 바꾸지 않는다. 처음 출현한 순간 그대로 그렇게 가만히 있는 것이다. 어떤 예외도 없이.

그들은 절대 집단으로 나타나지 않는다. 둘로도 나타나지 않는다. 각자가 유일무이한 존재다. 홀로, 돌연 나타난다. 남자일 수도 있고, 여자일 수도 있다. 나이는 중요하지 않다. 유년일 수도 있고, 노년일 수도 있다. 외양이 어떠냐도 중요하지 않다. 주목할 것은 외양이 아니라 그 완강한 존재감이다.

처음부터 마지막 방문까지 암호를 풀어야 정면을 보여주는 자처럼 감춰진 얼굴로 혼자 있다. 달이 가고 해가 가도 끝끝내 혼자이다. 그는 다만 그의 «주인»이 자신의 강박적 이미지를 이야기로 바꾸기 위해 글을 쓰기로 결심한 순간, 비로소 일어나 움직이며 다른 인물들과 합류할 뿐이다.

2

　모든 등장인물들은 우리의 꿈과 사상의 자양분을 먹고 조용히 잠들어 있는 자들이다. 이들은 신화와 우화로 빚어진 진흙더미 속에 묻혀 있는지 모른다. 개별적이면서도 다소 혼란스럽게 뒤섞여 있는 무수한 목소리들을 하나로 빚어낸 시대적 풍문 속에 가만히 체류하고 있는지 모른다. 어두운 밤에 파묻혀 희미하게 잠들어 있던 그들은 저 멀리서 들리는 노랫소리와 나지막이 도란대는 소리에 잠기어 있다가, 돌연, 밝은 빛에, 귀에도 또렷한 노랫소리에, 제법 알 수도 있을 것만 같은 언어에 솟구치며 전율한다.

　거의 망각에 가까운 저 깊은 기억의 주름 속에 잠겨 꿈을 꾸고 있던 그들은, 결국 저 깊은 기억, 아니 나선형으로 돌돌 말린 망각의 세계 속에서 서서히 올라오는 몽상에 젖어 들고야 만다. 왜냐하면 몽상은 꿈과 다른 것이기 때문이다. 그것은 생각지도 않은 훨씬 놀라운 것이며, 그래서 여전히 불안한 듯 흔들릴 뿐이다. 몽상은 단순히 어두운 우리 무의식의 부식토에 뿌리내리고 있지 않다. 그것은 더 깊이 들어간다. 나라는 자아를 넘어 그 바깥 여백에 엉키어 있다. 시인 드니 클라벨*이 『델프의 이론』에서 말한 것처럼, 몽상은 우리가 가질 수 없는 어떤 반짝거리는 작은 깨달음의 부스러기들을 우리 안에 뿌려놓는다.

　언젠가 몽상과 꿈의 차이를 그대에게 말해주겠소
　꿈은 정신의 껍질이라오
　비록 열매가 완전할지라도, 거기에는 껍질이 있지 않소
　몽상은 영혼을 위한 목소리요
　비록 그 말이 불완전할지라도, 거기에는 시가 있지 않소
　신은 죽음은 살아 있는 것이라고 몽상적으로 말하지 않소
　신은 삶이란 죽음의 순간에야 갈구하는 것이라고 말하오

---

*　Denis Clavel(1942~)은 프랑스의 시인이다. 1963년부터 현재까지 20여 편의 시집을 냈다.

그렇다고 몽상이 더 선호할 만한 것이라고 말하려
는 것은 아니오

나는 그저 그것이 바깥에서 왔기에 다른 것이라고
말하고 싶소

그것은 꿈처럼 우리 안에서 나온 것이 아니며

정신이 모르는 것을 영혼은 알고 있소

소설의 등장인물들은 이렇게 태어난다. 잠들었던
자들이 욕망의 별똥별 같은 몽상의 난입으로 돌연 깨
어나는 것처럼, 우리 정신의 안개를 찢고 나온 욕망의
번개로부터 이들은 생겨나는 것이다. 점점 희미해지는
실루엣들의 행렬이 안개 속을 배회한다. 거의 무질서
에 가까운 무분별한 몽상들로부터 이 실루엣들 가운데
가장 사납고 고독한 실루엣 하나를 뽑아내어 우리 의
식**의 가장자리에 던져놓는다. 그들은 우리 눈마저 벗
어난, 은밀하다 못해 불길 같은 시선 아래 달아난 흐릿

** Conscience: 흔히 의식, 자각, 인식 등으로 번역되거나 양심, 양심의 가책,
의무감, 책임감, 성실성의 뜻도 내포하는데, 이 글에 이 단어는 제법 많이 나온
다. 현대 정신분석학이 차라리 전(前)의식, 무(無)의식을 통해 인간을 연구하는
학문이라면, 그간 우리 사회와 도덕 문화는 지나치게 의식을 강조해왔는지 모른
다. 작가는 이 단어를 중의적으로 쓰거나 다소 회의적이고 비판적으로 쓰고 있
다.

한 이미지들의 응결체로부터 태어난다.

그들은 저 아래, 그러니까 우리 상상계의 경계에서, 꿈들의 군도(群島)로부터, 추억의 편린들로부터, 상념의 파편들로부터 납치당하듯 불쑥 태어난다. 그렇기에 그들은 우리가 전혀 알지 못하는 많은 것들을 알고 있다.

3

우리 의식으로부터 생겨난 각 등장인물은 이제 새롭게, 아니 전혀 **다르게** 태어나길 소망한다. 언어로 태어나기를, 언어로 펼쳐지기를, 언어로 호흡하기를 소망하는 것이다. 스스로 표현되기.

그렇다, 텍스트의 생을 원하는 것이다.

광물 같은 인내력을 발휘하는 이 말 없는 거지는 받아 마땅한 보시를 받겠다며 한사코 기다린다.

종이색 피부를 선사 받고 잉크에 젖는 생으로 살아가니, 단어들은 살이 되고 동사들은 피가 된다. 더더군다나, 우리도 모르지만, 그 역시도 자세히는 모르는 이야기를 선사 받는다. 아, 제발 우리는 그를 상상의 웅덩이 속에 가만히 잠들어 있게 하거나, 몽상의 번데기 속에 싸여 있게 하거나, 꿈의 너울 속에 고요히 흔들리게 해야 한다. 그러면 자신이 선사 받은 이야기를 용케 알아냈는지 그 고마운 빚을 기어이 갚겠다며 우리에게 올지 모른다.

너무나 오랫동안, 아무 말 없이, 고성소(古聖所)*에 잠들어 있었으니 이제는 거기서 나와 움직여야 한다고 주장한다. 아무런 말도 하지 않은 채, 그는 우리에게 자신의 서약을 바친다. 그의 서약은 거의 절대적이다. **쓰여질 것!**

그는 몽상의 왕홀을 가지고 있는 것이다.

모리스 블랑쇼가 『무한한 대화』에서 말한, 그리스 비극의 읍소자들이 가진 마력을 그는 가지고 있다. «탄원자와 이방인은 하나다. 둘 다 모든 것을 박탈당했다. 오로지 가정에 소속된 자가 만들어낸 권리를 이들은 박탈당했다. 다른 모든 사람들이 가지고 있는 권리를 이들은 박탈당한 것이다. E. 보종이 환기한 바 있지만, '탄원자'로 번역될 수 있는 그리스어 단어의 본래 의미는 오는 자이다. 탄원자는 오는 자이다. 항상 길 위에 있는 자이다. 왜냐하면 거처가 따로 없기 때문이다. 따라

---

* Limbes: 가장자리나 눈금 언저리 같은 경계를 가리키나 그 경계의 모호함에 더 주목할 필요가 있다. 예수가 강생하여 세상을 구할 때까지 기다리는 곳이나 세례를 받지 못하고 죽은 아이처럼 죄를 지은 적이 없는 사람들이 머무르는 곳을 의미하여 '고성소'로 번역되기도 한다. 더 넓게는 정확히 분리되지 않는 모호한 중간 영역을 비유한다.

서 여러 문제들 가운데에서도 기원이라는, 신비롭고도 난해한 문제를 제기해야 한다. (…) 도착하는 모든 이들은 문밖에 세워두어서는 안 될 진실을 건넨다. 만일 그를 환대하면, 누가 알겠는가, 진실이 당신을 어디까지 데려갈지.»

이런 마법적 힘은 역설적이고도 당황스럽다. 사실 등장인물은 아무 말도 하지 않기 때문이다. 탄원자의 고유성이란 말하는 것이다. 말이든 기도든 그에게 남아 있는 힘을 다해 애타게 하소연한다. «탄원자는 최고의 말꾼이다. 말을 통해, 저 아래에 있는 자가 저 위에 있는 자와 관계를 맺는다. 저 위대한 상대와 일정한 거리를 유지하면서, 아직은 공유하지 않으나 곧 그렇게 될 공간으로 그를 오게 하는 것이다. 이 사이 공간(비어서 신성한 곳)은 한중간, 즉 신비한 '중선(中線)'**의 세계이다.»

그는 분명 아무 말도 하지 않는다. 그러나 너무나

** Médiane: 삼각형 또는 사면체의 중선을 떠올려 이 함의를 형상적으로 이해할 필요가 있다. 수학에서 말하는 중선이란 삼각형의 각 꼭짓점에서 대변의 중점에 똑바로 그은 선분이다.

18

열정적으로 언어 속을 돌아다니다 보니 마침내 글쓰기 안으로 초대되기를 갈망한다. 방음 속에 있는 것 같은 언어를 진동시키겠다며 너무나 간절하게 갈망하는 것이다. 만져지지도 보이지도 않는 비물질적인 그의 몸은 마치 밤으로 접어 감치고, 침묵으로 꿰맨 단어들의 피륙 같다.

　소설가는 부유하는 생각 속에 서서히 자신을 추동하는데, 그러면 신기하게도 언어가 동하기 시작한다. 불안한 물처럼, 아니 서서히 꿈틀거리는 용암처럼. 더듬더듬 말을 시작하는 아이처럼, 언어가 살살 움직이기 시작하는 것이다.

4

등장인물들은 한마디도 발화하지 않으면서 상상적인 이야기를 우리에게 꾸며놓는다.

이런 «직책»을 맡은 소설가가 할 이야기가 없으면 그야말로 낭패인데, 그래도 등장인물은 이 **할 말 없음**마저 말하라고 요구한다. 왜냐하면 이 아무것도 아님이 어떤 것일 수 있다는 것이다. 떨리는 탄원, 호소, 그래야 조짐이 보인다. 여태까지 파묻혀 있었거나, 아니면 무시되었던 현실의 작은 면이라도 발견될 수 있는 조짐이 보이는 것이다.

등장인물들은 그리스 비극에 나오는 탄원자들과 비슷한 것만 아니라, 헤라클레이토스가 말한 것처럼 «말하지도 않고 감추지도 않고 신호만 주는 델프의 사제»처럼 행동한다.

말을 못 하는 탄원자들은 신탁에 따라 행동한다. 그들은 아무것도 강요하지 않는다(그 통렬한 존재감 말고는). 말도 하지 않고, 표명도 하지 않고, 선고도 하지 않는다. 그들은 그저 생이, 의미가 가능함을 암시할 뿐이다. 예상 밖의 질문을 던지는가 하면, 경악하게 한다. 너무나 밀도 있고 너무나 복잡한 우리의 실재 세계를 늘 새롭게 탐험하려면 궤도를 이탈해야 한다고, 그런 노선이 있다고 우리에게 살짝 암시할 뿐이다.

그들은 언어를, 우리가 끊임없이 몸을 담그고 있는 이 소리 나는 림프액을, 다시 길에 나선 우리가 향해야 할 지평선인 듯 손가락으로 가리킨다. 등장인물들은 우리에게 너무나 명징해 보이는 것들의 생소한 면을 소개하면서(혹은 드러내면서) 모든 것을 느슨하게 풀어놓는가 하면 완전히 비틀어놓는다.

우리의 것이라 생각했던 언어가 다시 거칠어지고, 가팔라지고, 까다로워진다. 하여, 다시 찾아가고, 알아봐야 한다. 그 원칙과 요구사항을 따져봐야 하며, 여전히 험한 미로를 조심조심 따라가야 한다.

우리는 쓰는 법을 다시 배워야 한다. 어떤 훈련 없이는 이야기를 지어내지 말아야 한다.

5

예언자 에스겔의 소명에서 영감을 받은 요한은 계
시록에 자신이 본 천사를 묘사한다. 태양의 얼굴을 한
천사가 무지개 후광에 둘러싸여, 발 하나는 지상에, 또
다른 발 하나는 바다 위에 두고 있다. 한 손에는 «작은
책 한 권이 펼쳐진 채» 들려 있는데, 천사는 그것을 요
한에게 먹으라며 건넨다. «자, 먹어라.»(요한계시록 10장
1-11절)

요한은 그 책을 삼키고 먹는다. 내용도 알지 못하는
이 작은 책을 삼키는 것이다. 책은 펼쳐져 있지만, 사실
이 책은 읽으라고 제시된 게 아니다. 불처럼 이글거리
는 단어들로 뒤덮여 있고 입을 하얗게 벌리고 있는, 이
경이로운 텅 빈 소품을 우리는 눈먼 자가 그러듯, 보이
지 않지만 집요하게 상상하면 되는 것이다.

아마도 이 책이 순결한 백지라면, 이제 써야 할 일
이 남은 것일까? 아무것도 쓰여 있지 않지만 단어들을

짐작하고, 내용을 고안해야 하는 것은 이제 요한의 일이다. 자신을 애써 잊어가며, 오로지 본 것에만 집중해서 말이다. 마치 넓고 큰 한 폭의 그림 같았다. 어디선가 웅성거리는 소리가 나고, 사자가 포효하는 소리가 났다. 우레와 같은 일곱 개의 천둥소리가 나는 것도 같았다.

요한은 이 눈부신 장면의 관객이자 청자이며, 동시에 이 환상적인 무대 한가운데서 연기하는 «배우»이다. 그는 «무대 위»로 올라간다. 주연배우 역할을 하는 거대한 천사에 비해 그의 역할은 받아 적는 자에 불과하지만, 천사의 부름에 성실히 응답한다.

요한은 무대 안쪽, 빛이 충만한 곳으로 몸을 던지는데, 그 너머가 바로 세계의 끝이다.

등장인물들이 꼭 천사들인 것은 아니다. 소설가들이 예언가인 것은 아니다. 아니, 이와는 거리가 멀다. 이런 비교를 한 것은 전자가 후자의 주의를 완전히 끌고 있기 때문이다. 등장인물들은 책을 써야 할 자에게 먹을 것을 제공하는데, 이들은 천사들일 수 있다―확실한 정형성 없는 실루엣들이라는 점에서.

그늘진 흐릿한 이미지 하나를 먹는다. 자세히 관찰할 시간 없이, 맛볼 시간 없이 덩어리째 삼킨다. 그렇게 책을 만들어내는 것이다. 이런 무모함이라니.

그러나 안에 있던 그늘진 이미지 하나를 삼키면서 등장인물에 대한 욕구를 해소하는 순간, 다시 지독한 배고픔이 몰려온다.

쓰고 싶은 욕구, 그게 뭔지 모르지만(알 수 없는 것으로 가득 찬 커다란 침묵) 자기에게 익숙한 단어들로 번역하고 싶은 욕구. 저 깊은 낯섦을 모든 사람이 아는 언어로 번역하고 싶은 욕구. 그렇다면 이 번역은 순전히 즉흥적이어야 한다.

역설적이게도, 성실해야 할 이 번역은 소설가의 완전한 자유와 즉흥으로 이뤄진다. 등장인물은 소설가에게 자신의 말을 주의 깊게 듣고 협력할 것을 요구하는데, 대부분은 갑자기 예고도 없이 찾아오므로 소설가는 이를 재빨리 듣고 번역해야 하는 것이다.

6

«나는 천사의 손에 들린 작은 책을 집어 들고, 그것을 삼켰다. 입안에 감미로운 꿀맛이 감돌았다. 그러나 다 먹었을 때 쓰디쓴 맛이 나 내장이 뒤틀렸다.»

이런 역설. 이런 모순의 놀이가 우리 삶 한가운데, 아니 모든 창조성 한가운데 있다. 파트모스 섬의 유배지에서 세례 요한은 너무나 달콤한 메시지를 음미한다. 그의 믿음으로 그는 승리하리라는 것이다. 그러나 이내 쓰라린 고통을 느끼는데, 이번에도 그의 믿음으로 이겨내야 한다.

그의 사랑은 전쟁과도 같은 시련을 맞는다.

어떤 등장인물의 돌연한 방문에는 일종의 감미로움이 있다. 이야기가 생겨날 수 있고, 그래서 놀라움도 일어날 것이기 때문이다. 궁금증이 이는가 싶더니 돌연 깨달아지고, 자기만의 상상과 자기만의 언어로 이를 붙잡고 드잡이하고 싶은 욕망이 불끈 솟구친다. 기복이 있는 언덕처럼 온갖 언어로 가득한 광대한 지형 속으로 떠나고 싶다는, 아니 다시 떠나겠다는 전망 속에 환희가 인다. 사랑에 빠지게 될 사람을 처음 만났을 때 생기는 동요와 희열 같은 게 이는 것이다. 어디로 가는지도 모르고 그저 미친 듯 질주하고픈 욕망이 이는 것이다.

이 유혹의 놀이에는 어둑하고도 알 수 없는 관능이 있다. 등장인물은 먹잇감처럼 제공된 것일까? 자, 먹어라! «나의 이미지를 먹어라. 내가 주는 문학의 언약을 씹어 삼켜라. 내 맛이 배어들어 있는 절묘한 단어를 맛보아라. 내가 실려 있는 의미를 음미하라.» 등장인물은 음흉하게 이런 것을 암시하는 것 같다.

이어 놀라운 진정도 있다. 왜냐하면 이 이상하고 변덕스러운 영감이라는 작동 기제는 결코 부서지거나 고장 나는 법 없이 더 만들어내거나 이야기할 게 있어 보이기 때문이다. 자기 앞에 놓인 잉크를 보며 화양연화를 느낄 수도 있다. 하여, 글쓰기의 회열을 약속하면서 얼굴을 가린 채 다가오는 등장인물을 탐욕스럽게 삼키고야 마는 것이다.

그런데 삼키는 것은 그림자일 뿐이다. 망각의 강 속에서 언제 녹아버릴지 모를 약간 떫은맛이 나는 그림자 한 가닥의 맛. 아니면 약간 밤(夜)의 맛이 나는 것도 같다. 글에 굶주린 자가 글 쓰고 싶은 욕구를 불태우지만, 그 욕구는 결코, 완전히 해소되지 않는다. 바로 그래서 이 기만적인 그림자 한 입을 베어 무는 순간 이내 쓴맛이 나는 것이다. 글의 구현에 관한 한, 완벽하게 가능할 법하지 않다는, 맵고도 쓴맛의 언약을 해주는 것이다. 저지된 사랑처럼, 예기치 않은 방해처럼, 그것은 쓰고도 아프다. 만일 환각의 희생양이 되지 않았다면, 내일 없는 유혹에 속지 않았다면 적어도 그런 맛은 보지 않아도 되었을 텐데.

우리 의식의 경계에 등장인물이 출현하면 욕망의 수위가 올라가지만 그래서는 안 된다는 판단도 재차하게 된다. 이런 등장인물에 《살과 생명》을 줄 수 있는 단어를 과연 찾아낼 수 있을지 의심한다. 이야기에 흥미로운 맥락을 실어 이 인물을 띄울 수 있을지, 그럴 만한 호흡을 찾아낼 수 있을지 의심한다.

모든 것을 의심한다. 등장인물, 자기 자신, 글을 쓰는 자기 자신, 글을 쓰는 전반적인 행위, 특별히 소설이라는 것을 쓰는 기술. 모든 것이 다 의심스러운 것이다. 결국 언어에 도달하지만—단어는 단어대로 확신이 없고, 문법은 안개 속처럼 뿌옇고—, 이를 의식하면서 다시 무슨 말인지 알아들을 수 없게 말하기 시작한다.

결코 의심을 떨치지 못하며 글을 쓰는 것이다. 의심이 때론 지나쳐 거의 과대망상에 이른다. 공포와 광기에 이르기도 한다.

그렇다. 등장인물이 성곽에 숨어든 적군처럼 우리 안에 숨어든 것이다. 데카르트의 정신에 숨어든 «사악한 천재»처럼 우리 안에 숨어든 것이다.* 언어의 힘으로 자신의 존재를 «증명하고», 동사의 마법으로 꿈과 현실을 하나로 만드는 것이다.

---

* 데카르트는 공적인 생활을 하면서도 만인에게 감추어진 정신적 삶을 살았다고 알려져 있다. 장 그르니에는 『섬』(민음사, 김화영 옮김)에서 이렇게 말하고 있다. «비밀스러운 생활이라면 데카르트가 암스테르담에서 영위했던 생활이 바로 그런 것이다. 도무지 변화라곤 없는 데다가 계속적이며, 공개적인, 그리고 극단적으로 단순한 생활을 영위함으로써 데카르트는 그 비밀을 충실하게 지킬 수 있었던 것이다. (...) 그는 생활을 완전히 개방해놓음으로써 정신은 자기만의 것으로 간직할 수 있었다.»

7

다시 에스겔. 에스겔과 협곡에 잔뜩 늘어져 있는 말라붙은, 그 유명한 뼈들의 시각적 환영. 주님의 손길에 이끌려 에스겔이 협곡으로 달려가니 주 여호와께서 에스겔에게 말씀하시기를, «사람의 아들아, 이 뼈들이 살겠느냐?» 이에 에스겔이 대답한다. «그것을 아시는 건 주님이십니다.» 그러자 주께서 에스겔에게 말씀하시기를, «이 뼈들 위에서 예언하라. 네가 그들에게 이렇게 말하여라. '말라붙은 뼈들아, 여호와의 말을 들어라. 주 여호와께서 이르시기를, 자 이제 그대들에게 정신을 불어넣을 것이니, 그대들은 소생하리라. 그대들 위에 힘줄을 놓을 것이고, 살을 자라게 할 것이며, 살가죽을 당겨 덮을 것이다. 그리고 그대들에게 정신을 줄 것이니 그대들은 살리라.'»(에스겔, 37장 3-6절)

영감을 받은 예언자는 자신의 소명과 동요에 이끌려 예언한다. 그러자 곧 소리가 들린다. «가벼운 흔들림

이 있었고, 뼈들은 서로 붙었다. 나는 보았노라. 뼈들이 힘줄로 뒤덮이고, 살이 자라나며, 살가죽이 당겨 덮어지는 것을.»

그러나 생명체가 되기 위해서는 아직 정신이 부족했다. 예언자는 살과 살가죽으로 뒤덮인 해골들에 활력을 불어넣기 위해 정령의 숨결을 소환했다.

«정신에 예언하라. 인간의 아들아, 예언하라, 정신에 말하라. (...) '네 개의 바람을 가지고 오시오, 정신이여. 이 죽은 자들 위에 와서 숨을 쉬시오, 그들이 살아나도록.' 나는 그가 나에게 명령을 내린 대로 예언했다. 그러자 정신이 그들에게 정말 왔고, 그들은 생명을 얻었으며 발을 딛고 일어서기 시작했다. 마치 크고, 거대한 군대 같았다.»(에스겔, 37장 9-10절)

소설가가 살려야 하는 것은 뼈가 아니라, (신의 눈부신 손길이 미치지 않는) 그림자들이다. 소설가는 군대를 일으키지 않는다. 소란스러운 무리들을 만들지 않는다. 그저 몇몇의 등장인물들을 만들 뿐이다. 아니면, 기획 초기에 홀로 나타나는 단 한 인물을.

소설가 앞에 나타나는 비물질적 형체들에서 소설

가가 끌어당겨야 하는 힘줄들에 관하여는 부여된 구조와 리듬이 있느냐가 관건이다. 소설가가 신고 가야 할 형체들에 덮여 있는 살은 인간의 어떤 «무게»임과 동시에 그럴 법한 성격이며 일관된 운명이어야 한다. 격정적이거나 엽기적이거나 비극적인 운명. 그리고 마지막으로 소설가가 입혀야 할 살은 독특한 개성을 지녀야 한다. 인간의 모든 피부에는 고유하고 개별적인 입자가 있다. 아무리 단단한 살이어도 상처받기 쉬운 취약한 지대가 감춰져 있다. 혈색을 띠는 살색에는 다칠 것 같은 연한 부위가 있는가 하면 복잡하게 얽힌 가느다란 실오라기 같은 조직이 있고, 바로 이런 차이들로 인해 각 인물을 «구현»하는 과정이 달라진다.

단어들에도 혈색을 줘야 한다. 부피를, 색깔을, 맛을, 섬유 조직 또는 성역 같은 조직을 마련해야 한다. 소리와 빛에 반사 작용을 할 수 있는 힘이 갖춰져야 한다. 등장인물들의 부름에 응답하는 소설가에게 주어지는 책임이다.

8

이걸로 충분할까? 등장인물들은 이렇게 살아나는 것일까? 정신은 여전히 부족한 게 아닐까?

«나는 뼈들이 힘줄로 뒤덮이고, 살이 자라나며, 살 가죽이 당겨 덮여지는 것을 보았다. 그러나 그들에겐 정신이 없었다.»

에스겔처럼 네 개의 바람을 불러들일 필요는 없다. 소설을 쓰는 작가는 신에게 임무를 부여받은 자가 아니며, 전지전능한 신의 손길로부터 축복을 받은 자도 아니다. 작가의 손에 은밀한 힘으로 교묘히 잠입해 «손 아래서» 일하는 그것은 하늘에서 떨어진 것이 아니라, 그의 내면과 주변에서 소란거리는 웅성거림으로부터 솟아난 것이며, 작가는 자신의 등장인물들에게 문학적 인 것 외에 줄 다른 «정신»은 없다.

소설가는 등장인물들이 가진 정신의 함량을 평가 하기 위해 최고의 자리에 있어야 할까? 작가의 야릇한 공모자인 독자는 작가의 상상을 접하며 공명과 공감을 가질 수도 있고 반감과 혐오감을 가질 수도 있다. 소설이라는 공간 속을 따라다니며 인물들을 만나기는 하지만 그들의 생사여탈권을 독자가 찬탈해야 하는 건 아니다.

독자의 자리는 여기에 있지 않다. 등장인물들의 탄생을 보좌하지 않는다. 독자의 심판관 역할은 훨씬 나중에, 그러니까 주사위가 던져지고, 표현과 해석의 과정이 다 끝나고 나서이다.

아마도, 종국에, 그 모든 생존성은 결국 주인공 인물에 달려 있는지 모른다. 작가는 때로는 아주 흐린 생각에서 아주 선명한 생각에 이르기까지 너무나 오랫동안 거의 고문을 하듯 생각에 생각을 거듭한다. 등장인물에 정신을 깃들게 할지 말지, «두 발을 딛고 단단히 서 있게» 할지 말지, 그 시간이 오느냐 마느냐 역시 결국 그 등장인물이 결정하는 것이다.

논밭에 물을 대듯 의미를 대는 단어들로 둘러싸인 채, 아직은 어둠이 덜 가신 발을 딛고, 그간 저자의 상상 속에서 충분히 영양을 공급받았으니 이제는 거기서 나

와 다른 자들의 상상, 그러니까 독자들의 상상과 대면
해야 한다. 자신이 형상화되어 있는 책을 독자들은 이
제 곧 열어볼 것이다. 독자 한 사람 한 사람 가까이에
가서 벌어질 또 다른 새로운 모험을 시도해야 하는 것
이다. 왜냐하면 등장인물에 집중하는 독자는 어떤 감
정이나 몽상, 성찰을 찾아 지극히 미약할지라도 아주
미세하고 섬세한 생명성을 등장인물에 입히기 때문이
다. 물론 등장인물은 자신의 고성소에서 풀려나오게
만든 책 안에 거주하지만, 여기저기 다니고 싶어하고,
어떤 누군가의 상상 속에서 다른 누군가의 상상 속으
로 옮겨 가고 싶어한다. 되도록 많은 정신의 고장을 방
문하고 싶어하는 것이다. 그들은 그들을 만들어낸 단
한 사람의 작가에게만 속해 있는 것이 아니라 한 공동
체에 속해 있다.

아니다, 그들은 아무에게도 속해 있지 않다. 그들은
다만 더 많이 존재하기 위해, 항상 다르게 존재하기 위
해, 읽힐 기회를 기다리는 것이다.

9

읽힌다는 것. 이 근심, 이 욕망은 이제 막 자신의 책이 출간된 소설가의 근심과 욕망이기 이전에 등장인물들의 것이다. 사실상, 이들의 출현을 하나의 꿈처럼 해석하며 환영적 현존을 문학적 현존으로 바꾸는 임무를 띤 작가에 의해 이들이 먼저 **읽히지** 않는다면, 과연 이들이 어떻게 쓰여질 수 있을까?

등장인물들은 다양한 영감과 영향을 받아 교차적 형상으로 생성되는 일종의 합성물이지만, 그래도 유일무이한 존재이다. 수다 병에 걸린 저자가 건설한 단순한 인공물 정도로 축소될 수는 없다. 그들은 우리와 비슷하다. 어떤 개체이냐가 중요한 건 아니다. 그들은 존재하고 싶어한다. 다른 사람들의 시선에 의해, 아니 그 시선 속에 분명히 존재하고 싶어한다. 주의 깊게, 끈기 있게, 예민하게 타자들에 의해 읽히고 인정되고 싶어한다.

시몬 베유는 『중력과 은총』에서 «저마다 다르게 읽히려고 침묵 속에서 소리친다»고 말한다. «누군가가 있고, 그에 대해 읽을 때(혹은 그에 대해 생각할 때) 그 사람은 매번 전혀 다른 것이 된다는 것을 받아들일 준비가 되어 있어야 한다»고 강조한다. 달리 말하면, 우리가 그냥 읽는 것과 그 안에 함의된 것을 읽는 것은 분명 다르다는 것이다.

우리는 서로를 돌아가며 읽는다. 우리 모두가 그렇게 한다. 계속해서 그렇게. 하지만 대부분은 피상적으로. 그것도 급히. 전체적인 «맥락» 속에서 읽는 게 아니라 파편적으로, 섬세함 없이. 깊이도 없고, 대단한 상상력도 없이. 그저 가볍고 경망스럽게 책의 낱장을 뒤적거린다. 더욱이 우리의 독서는 선험성이나 상투성, 편견성, 종국엔 어떤 무심함에서 벗어나질 못한다. 시몬 베유는 일종의 이런 사시(斜視)나 불발 원인에 이것이 있다고 적시한다. «여론, 과도한 열기.» 그리고 덧붙이기를, «독서—주의할 만한 독서가 아닌 경우—는 중력에 눌린다. 여기서 중력이란 사람들의 마음을 누르는 여론 같은 것이다(우리는 어떤 인간이나 사건을 판단

하는 경향이 있는데, 여기에는 과도한 열정과 사회적 통념에 기인한 편향성이 적잖이 작용한다). 고도의 주의력으로, 짓누르는 이 중력의 실체를 읽어야 어떤 다양한 균형 체계를 읽을 수 있다.»

등장인물을 읽을 때 우리에게 필요한 것이 바로 이 것이다. 천천히 그리고 예리하게 자기 자신 또는 다른 누군가를 읽는 법을 배워야 한다. 중력에 눌려 지층들이 생기고, 그 아래에 최대한 버틸 수 있는 «가능한 균형 체계»를 갖춘 섬세한 조직망이 있듯이, 이 얇고 가느다란, 사시나무 떨듯 떠는 이 조심스럽고도 완고한 글은 또 다른 «버전»의 독서를 제안하는 것이다. 좀 더 유연하고, 좀 더 섬세한 또 다른 해석을 말이다.

그리고 시몬 베유는 묻는다. «자신이 옳게 읽을 것이라고 누가 장담하겠는가.»

아무도, 아니 거의 아무도, 자신이 옳게 읽을 줄 안다고 장담할 수 없을 것이다. 어떤 중력이 우리 모두를 짓누르는 이상, 각막에 백반이 낀 듯 편견이 서려 있거나 바다의 표지등(燈)인 줄 알았는데, 사실은 눈가리개에 불과한 것으로 눈을 가린 채 보고 있기 때문이다. 다른 사람을 정확하고 옳게 읽음으로써 그 사람에게 정당성을 부여하기 위해서는 일체의 판단과 판별로부터 벗어나야 한다.

소설가는 이런 중력의 법칙에서 쉽게 벗어나지 못한다. 그럼에도 불구하고 등장인물들을 어떤 틀에 가두지 않기 위해서는 이들과 일정한 거리를 유지하며 유연하게 즐길 수 있어야 한다. 필요하다면, 놀라면 놀라는 대로 떠밀리면 떠밀리는 대로 놔두어 다른 사람들을 읽는 능력을, 하여 인생을 읽는 능력을 키울 수 있는 기회가 생겨나도록 등장인물들이 소설가 앞에 주어지는지도 모른다.

　등장인물들은, 혼란스러운 우리 정신의 문지방 앞에서 조용히 문을 두드리며 만인의 목소리를 전하러 온 전령사인지 모른다. 왜냐하면 전혀 **다르게** 읽히기 위해 하염없이 «침묵 속에서 울고» 있기 때문이다. 등장인물들은 우리의 호소에 대한 응답이다. 읽히기 전에는 사라지기를 원치 않는지 우리 의식 위에 자리 잡는다. 인정과 감사, 우정을 표하는 살아 있는 입들에서 하얀 입김이 토해진다. 읽히고 바꿔 쓰여지는 입김.

　소설가는 자신의 의식 위로 떠오르는 이 창백한 거지들의 말을 해독하고 그것을 하얀 종이 위에 검은 글씨로 옮겨 쓰게 될 것이다. 그들의 희미한 외침을 반향시켜야 하는 것이다. 단어들을 살로 구현하고 힘을 불어넣어야 한다. 해독하기와 옮겨 쓰기. 이 두 행위는 사실상 그렇게 뚜렷하게 구분되지도 않고 연속적이지도 않다. 거의 동시에 전개된다. 서로 섞이면서 영향을 준다. 이전에 많이 읽지 않았다면 아무것도 쓸 수 없을 것이다. 물론 책만 말하는 게 아니다. 삶도, 흘러가는 시간도, 가까운 데 또는 먼 데서 일어난 사건들도, 그리고 특히 타자들도 많이 읽어야 한다. 그래야 쓸 수 있을 것이다. 타자들은 그들의 말과 행동, 태도, 얼굴, 그리고 몸에 들어 있는가 하면, 이 타자들이 들어 있는 반죽과 점토, 진흙 속에 나 자신도 들어 있으므로 많이 읽어야 하는 것이다.

세계를 읽는 지속적인 독서를 하지 않으면 어떤 것도 쓰지 못한다. 이른바 오감을 뒤흔드는 독서. 평범한 것만 아니라 이례적인 것을 탐하는 독서. 아름다운 것과 추한 것, 좋은 것과 나쁜 것을 나란히 관찰하고 악의 수수께끼만이 아니라 선의 수수께끼에도 귀 기울이는 (왜냐하면 둘 가운데 그 어떤 것도 «자명하지» 않으니까) 독서. 수염뿌리 같은 복수성의 독서. 지그재그 같은 다발성의 독서. 생생한 독서란 세계를 감응적으로, 그리고 지성적으로 느끼고 해석하는 과정이다.

거꾸로, 읽기란 이미 쓰기이다. 왜냐하면 해석이란 어수선하게 분산되어 있거나 복잡하게 얽혀 있는 함의들을 해명하고 설명함으로써 주해를 다는 일이기 때문이다. 그렇게 함으로써 우리는 밝혀진 의미의 위치를 옮기고, 변화시키고, 새로운 의미를 만들어 낸다. 바로 창작하는 것이다.

소설가는, 소설가에게 자기 몫의 단어를, 더 나아가 자기 몫의 삶을 요구하는 등장인물의 압박에 못 이겨 글을 쓴다. 소설가는 쓰기와 읽기라는 반대되면서도 보완되는, 다시 말해 소설가를 수동적으로 만들면서도 창조적으로 만드는 두 가지 활동 속에서 그야말로 고군분투한다. 자신을 괴롭히는 이 등장인물이 말하고자 하는 바를 **쓰면서** 비로소 «잘» 읽을 수 있게 된다(이해하다, 파악하다, 해석하다). 이것이 쓰기 행위이다. 일견 불모의 땅 같은 하얀 종이 위에서 암중모색하며 서서히 쓰기가 이뤄진다. 아무것도 없는 이 하얀 불모의 종이에 낙담하고 역겨움을 느끼며 골몰하다 약간의 착상과 가느다란 실오라기 같은 의미들이 서서히 발산하면(흔히는, 불연속적인 리듬으로) 가야 할 코스가 마련되는 것이다. 쓰기의 몸짓은 늘 해방의 몸짓이었다.

11

어떤 시인들은 «미래의 북녘 강 저 멀리에서 나부끼는 숨결만큼이나 결코 들을 수 없는 미세한 소리도 지각하는 청각을 지니고 있다. 그들은 이 소리를, 온 정성을 다해 저 가파른 언어의 절벽까지 끌고 간다. 파울 첼란의 시 하나하나는 이런 설계도 그 자체이며, «발화할 수 없으나 명명하고 말아야 할 이름들로 가득한 광물 같은 마력»을 발휘한다.

이런 것들(단어들, 글리프들*, 목소리들)이 발현되는 과정을 특히나 역력히 포착할 수 있는 첼란의 시가 있다.

불침번 서며 부딪힌 너의 꿈

뿔에 새겨진

---

* Glyphe: 문자를 그림으로 나타낸 부호로 문자는 뜻이나 소리가 있어 의미를 전달하지만, 글리프는 뜻이 없고 형태로 식별하는 기능을 한다.

열두 개 나선에
생겨난
단어의 흔적

그가 던진 마지막 일격

목 졸려오는 절벽
낮의 협곡
장대를 밀어내어
끌어올린 배

읽히며 난 상처로
그는 옮-긴-다

다른 두 가지를(아니면, 더 여러 가지를) 동시에 말
하는 듯한 이 시는 부딪히며, 새겨지고, 떠밀리는 구문
을 갖고 있다. 단단한 언어의 질료로 세공된 독특한 단
어들. 부서지고, 깎여나가고, 한 번도 나온 적 없는 어휘
를 만들어내기 위해 활자 반쪽을 서로 이어 붙이고, 더
깊이 박아 상감한 듯. 가령 이런 어휘들이다.

보르트스푸르(Wortspur). 두 명사의 합금. 하나는 추상성, 하나는 구체성. 각기 다른 어감. **다스 보르트**(das Wort)—단어, 어휘, 용어, 말, 표현이라는 뜻. **디 스푸르**(die Spur)—흔적, 유적, 발자취, 자국, 표시, 낙인, 지표라는 뜻.

타크슐루흐트(Tagschlucht). 같은 형태의 합금 또는 융합. **데어 타크**(der Tag)—낮, 하루라는 뜻. **디 슐루흐트**(die Schlucht)—협곡, 계곡, 행렬이라는 뜻.

분트글리제네스(Wundgelesenes)는 형용사와 과거분사에서 시작해 만들어진 기묘한 구체적 체언. **분트**(wund)—부상당한, 살해당한, 가죽이 벗겨진, 살가죽이 벗겨진이라는 뜻. **글리제네스**(gelesenes)—**레젠**(lesen), 즉 동사 '읽다'의 과거분사에서 파생한 말.

파울 첼란의 모든 시에는 강력한 다의성과 극도의 절제성이 공존한다. 어둠에 싸인 벽면 전체에 빛 한 줄기가 강렬하게 들어오듯. 어떤 《일상적인》 단어들을 난폭하게 절단하며 들어오는 중간 휴지. 이로 인해 함축된 의미의 밀도는 더욱 깊어진다. 겉으로 보기에 평범한 단어들에도 암시적 의미가 조용히 너울대고 있다.

호른(Horn)——뿔, 각적, 나팔은 «나선형이 나 있는»이라는 형용사적 의미도 가지면서 정화의 상징인 긴 나선형 상아로 된 일각수 뿔을 연상시킨다. «각적»은 유대교에서 회개와 후회, 용서의 날인 나팔절이나 속죄제에 부는 악기이다.

열두 개의 나선은 뿔에 새겨진 소용돌이 선을 의미한다. 이 시를 구성하는 전체 시행 수이기도 하다. 일 년을 분할하는 열두 달, 이스라엘 민족을 분할하는 열두 부족일 수 있고, 더 확대하면 우주의 복합성을 상징할 수도 있다.

부러지고 부서진 단어들을 단속적으로 열거하며 열두 개의 행을 이어가다가 원기둥 같은 상반신을 약동 시켜 강렬한 의미를 실어내는 것이다. 단편적이고 제한적인 해석은 거부하면서 말이다. 시어들이 몰려 있는 축을 중심으로 이 시의 의미는 선회하며 연신 미끄러진다.

12

소설가들은, 수맥 탐사가처럼 전대미문의 것들을 탐사하며 곱셈을 하듯 수많은 의미들을 내놓는 시인들에게서 많은 것을 배운다. 그러나 소설가들은 시인들을 모방하지 못한다. 같은 언어 지대를 측량하는 것이 아니며 보폭도 다르기 때문이다. 언어를 빼곡하고 촘촘하게, 탄성적으로 써야 하므로 보석을 세공하듯 간결하고 정교한 예술을 만들어내는 시인과 소설가는 경쟁하지 못한다. 세공이라는 단어는 여기서 두 가지 의미로 이해될 필요가 있다. 보석 세공사가 돌이나 암석 파편, 자갈, 규석 같은 것을 재단하고 윤을 내듯 시인은 명사나 동사를 재단하고 윤을 낸다. 돌처럼 단어와 단어가 서로 부딪혀 소리가 나고 불이 붙도록 시인은 단어들을 예리하게 깎고, 부수고, 박고, 분산시킨다. 하얀 종이 위에 이 단어들을 정확하고 세찬 동작으로 놓는 것이다. 그리고 밤하늘의 별을 보듯 침묵 속에서 가만히 바라보는 것이다.

무제한의 요구를 하며 소설가를 괴롭히고 계속해서 놀랄 일을 제공하기 위해 소설가의 정신 속에 찾아오곤 하는 등장인물들이 적어도 시인에게는 없다. 작품을 움직이는 여러 톱니바퀴들을 자유롭게 작동시키면서 가장 온화한 방식에서부터 가장 난폭하고 발작적인 방식으로 등장인물들을 생생하게 살아나게 하는 것은 적어도 시인의 근심이 아니다. 다양한 결정론에 순응하면서도 완전히 예측 불가능한 마르고 닳지 않는 인간 행동의 수수께끼를 적어도 시인은 탐험하지 않는다.

　　«행동이란 무엇인가? 소설의 영원한 문제, 그러니까 소설의 구성 요소로서의 문제 말이다. 결정은 어떻게 일어나는가? 어떻게 이 결정이 행동이 되며, 더 나아가 하나의 모험이 되기 위해 이 행동이 연쇄되는가?» 밀란 쿤데라가 소설 연구에서 가장 중점적으로 다룬 이 문제는 적어도 시인과는 직접적인 연관이 없다. 시인은 등장인물의 중재 없이도 언어와 대면하며 언어의 존재에 대해 질의한다. 시인을 놀라게, 욕망하게 만드는 것은 말 그대로 거의 생살과도 같은 언어 그

자체인 것이다. 단어에서 나는 소리, 단어에서 울리는 음악, 단어에서 보이는 이미지. 호전적인 단어는 가끔 시인을 어두운 투쟁으로 이끈다. 마치 야고보서를 쓴 야곱처럼.

시인은 인간 스핑크스 주변을 맴돌며 꾸며내지 않는다. 인간은 스핑크스라고(대수가 아니라는 듯 자조하는 숭고하고 장엄한 톤으로) 간결하고 예리한 톤으로 **말할 뿐이다.** 시인에게는 소설적 기술과 시적 기술 사이에 어떤 경쟁도 없다. 서로 영향을 줄 수 있는, 신중한 간섭과 개입, 반향이 있을 뿐이다.

*

파울 첼란은 이렇게 썼다. «어느 날 태양이 졌다. 태양만은 아니었고, 태양이 자신의 거처를 떠난 날, 태양과 함께 그 이름도, 그 발설할 수 없는 이름도 함께 떠났다. 그리고 돌아왔다. 절뚝거리며 돌아왔다. 절뚝거리는 소리가 들렸고, 손에 막대기를 들고 왔다. 돌을 밟아 다지며 왔다. 들려, 내 소리가 들려? 나야, 나. 그래 나야 나. 네가 듣고 있는, 듣고 있다고 믿는, 나 자신이자 다른 누구. (...) 막대기가 침묵하고, 돌이 침묵하고, 그러나 침묵은 침묵이 아니다. 말조차 아니다. 말은 거기 죽어 있고, 문장조차 없다. 아니, 단지 쉼표만 있을 뿐. 그래, 이건 결여된 말이다. 비어 있는 장소다. 이 모든 음절을 봐. 유난히 도드라진 음절의 주변을 봐.»

파울 첼란은 언어를 짓누르며 왔다. 그의 세기를 지배한 사형관들과 민족 암살자들에 의해 그의 언어는 모진 고문과 학대를 받았다. 같은 발로, 언어와 땅과 하늘을 짓이겼고 언어의 조직망을 찢었다. 침묵에 이를 때까지, 기진맥진해질 때까지. 이 거대한 재와 바람의 무덤. 사람들은 수백만 단위로 사라졌고, 신도 더불어 사라졌다. 헛되고 헛된 공허한 기도를 찬란한 찬양으로 바꾸었다. «그 누구를 향한 것도 아닌 찬양»으로.

그는 언어를, 땅을, 침묵을 때리며, 거기서 기괴한 형태의 잡석을 추출한다. 불타고, 상처 난 단어들—단어들의 유적과 말들의 흔적—을 그 **읽힌 상처**에서 추출한다.

이 거친 흔적들을 지나치게 해독한 나머지 그 껍질마저 벗겨낸 것일까? 아니면 단어들을 읽어가며, 숱한 질문들로 단어들을 고문하다시피 한 나머지 단어들을 다 찢어놓은 것일까? «낮의 협곡»을 통해 이 발설할 수 없는 단어들을 끌어올리느라 기진맥진해졌을까? 아니면 이 좁은 협곡에서 단어들의 껍질을 벗겨낸 것일까? 질문이 제기되면, 나사가 풀리듯 답이 연신 나선형을 따라 나온다. 멈춰질 수가 없는 것이다. 단정될 수도, 종결될 수도 없기 때문이다.

그리고 이렇게 배회하던 질문이 독자마저 배회 속으로 떠민다. 이제 질문이 독자에게 스며들어 그의 정신에 새겨지니, 새로운 번-역이 예견된다.

소설가는 바로 거기서 문제를 알아본다(혹은 그럴 거라고 짐작한다). 그의 생각 안에 체류하고 있던 등장인물의 아직은 희미한 실루엣을 구현해야 하는 문제인 것이다.

13

분트글리제네스(Wundgelesenes). 상처 나며 읽히고, 읽히며 상처 나고. 하여, 비로소 다 읽히는. 번역이 잘 되지 않거나 문법적으로 «틀린» 이 중립적 표현은 무엇을 뜻하는 것일까? 어떤 현실을, 어떤 사건을 가리키는 것일까? 낯설다고 해서 알 수 없는 것은 아니다. 다만 더 쟁점이 될 뿐이다. 소설가는 등장인물들에게서 낯섦과 동시에 근본적인 유사성을 언뜻 느낀다. 자신의 상상 속에 어떤 외양을 갖춘 인물이 찾아오고, 그는 바로 그것이 분트글리제네스가 될 것을 예감한다. 이 «상처난 읽힘»을 확대하고 다듬으며 읽힐 수 있게 만들어야 한다. 시인과 다른 방식으로, 그러나 시인과 같은 엄격함으로.

이 분트글리제네스가 무엇에 좌우되는지 명확히 정의하지는 못해도, 그건 그게 아니라고 말함으로써 오해의 소지를 만들지 않을 수는 있다.

이것은 이른바 고통주의와는 아무런 상관이 없다. 등장인물들에 대한 비극적 연민도 아니다. 소설 속 등장인물들은 스스로 길을 헤쳐 햇빛 쏟아지는 길로 나아갈 수도 있다. 이 인물들은 등장하는 순간부터 분트글리제네스를 지닌 자들이다. 그러나 이것이 그들 앞에 운명적으로 당도한 불행의 표시는 아니다. 그들에게는 운명이라는 검은 낙인이 찍혀 있지 않다. 누구나 마찬가지로 오히려 자유의 일부를 향유함으로써 가능성의 영역이 훨씬 넓어진다.

그렇다, 등장인물들이 재난이나 난파를 당하려고 등장하는 것은 아니다. 만일 소설적 인물들에게 불행이 찾아온다면, 인생의 도정 중 공교롭게 불행을 만난 것뿐이다. 소설적이기 그지없는 고난 가득한 길을 힘겹게 걸어가며 불운을 시험하고 길을 잃고 헤매는가 하면, 갑자기 가혹한 운명의 희생자가 되기도 한다. 인생은 좋은 일이 많은가 하면, 뜻밖에 불운한 일을 당하기도 한다. 그러나 이런 불길하고 처참한 일들이 가장 볼 만하기는 하다. 그렇다. 이게 전부다.

따라서 이 분트글리제네스는 인물들의 운명에 영

향을 주지 않으며, 미리 프로그램을 짜게 하지 않으며, 고통에 처하게 하지도 않는다. 이런 신중한 **스티그마** (그리스어 stigma는 «찔린 자국, 벌어진 상처, 문신»이라는 뜻이다)는 차라리 그 인물의 인간성을 드러낸다. 세대를 거슬러, 그 모든 위도 아래 있는, 하루도 조용할 날 없는 부산스러운 거대한 인간 공동체에 그들이 소속되어 있음을 드러내는 지표이다. 그래서 그 **갈라진 틈** (faille*)도 전해지는 것이다. 불확실성이라는 상처. 어떤 것도 봉합해줄 수 없는 부전감(不全感)의 상처. 어떤 것도 메워줄 수 없는 결핍감이라는 찔린 자국.

---

* faille: 물리적으로는 우선 지질 작용으로 생긴 단층이나 그 균열된 부분 또는 갈라진 틈, 금 같은 것을 의미한다. 여기에서 파생해 인간이 지닌 결점이나 흠결, 오류 등을 뜻하기도 한다. 더 나아가 폭발하거나 붕괴되기 일보 직전의 불안한 인간 내면의 심리를 비유적으로 표현하는 단어이기도 한데, 이 책에서 상술한 의미는 몸에 난 자국이나 여성의 성기처럼 갈라진 틈 등 가능한 최대한 많은 다층적 함의를 실어 쓰고 있다.

14

등장인물들이 고분고분하지 않고 만만치 않은 것은 이런 갈라진 틈이 있어서일까? 왜냐하면 마음대로 되지 않는, 이 고집 센 자들은 일종의 과잉 상태에 있기 때문이다. 그들은 끊임없이 작가의 통제를 벗어난다. 작가가 그들을 위해 심사숙고하여 구상해 놓은 줄거리를 따르지 않는다. 상황을 제시하면 거부하고 관계를 제안하면 거절한다. 작가가 상상해놓지도 않은 상황을 다짜고짜 만들어놓는가 하면 예기치 않은 사건들을 만들어낸다. 그를 중심으로 이미 그려져 있는 동그라미 테두리 바깥에 있는 인물들과 그는 마음대로 관계를 맺는다. 한마디로, 그들은 제멋대로이며 아주 반항적이다.

소설가는 등장인물들이 이상한 자율성을 갖고 있다는 것을 잘 알고 있다. 이들은 환상적인 거지들이다. 이들의 만성적인 불복종은 단순한 변덕이 아니다. 이들은 불복종하지만 어둡고도 역동적인 《원칙》에는 복종한다. 바로 이 원칙이 인물의 개성을 지배한다. 소설가는 «집의 주인»이 자신이 아님을 안다. 소설가가 상상으로 만들어낸 이 집은 무의식이라는 바람에 열려 있고, 심상의 밀물과 썰물에 좌지우지되고, 지진과 불, 천체의 식(蝕)에 지배당한다.

소설가는 글을 **쓰면서** 자신이 통제할 수 없는 영역의 범위를 알게 된다. 그가 존재를 의심하지 않는 얼마나 많은 기억들이 수많은 주름과 층과 메아리 속에 숨어 있는지. 오래도록 망각 속에 묻혀 있던 기억들이 글쓰기 효과로 터져 나온다. 정신과 영혼의 에너지가 응축되어 있다가 터지는 것이다. 이 폭발적인 기억들은 어떤 장면을 고스란히 되살리는데, 기억이 소개하는 장면은 변형되어 있거나 가짜로 만들어진 것이다. 기억의 위력은 정확도가 아니다. 생각하게 하고, 마음을 동요시키고, 이야기를 꾸밀 재료를 가져다주는 것, 바로 그것이다.

글을 쓰는 행위는 등장인물들의 출현을 통해 작가의 정신 속에 난 갈라진 틈을 «읽어내는» 것이기도 하다. 팔랭프세스트*를 해독하는 것처럼 자기만의 상상과 기억 속에 새겨졌다 지워진 것들, 그리고 다시 새겨진 것들을 해독하는 행위이다. 글을 씀으로써 작가는 비로소 시간에 의해 퇴적되고, 다수의 타인들이 실어다 놓은 진흙의 양이 자신 안에 얼마나 있는지, 그리고 그 규모를 얼마나 과소평가했는지 알게 된다. 따라서, 자기 지식과 자제력을 얼마나 과대평가한 건지도 알게 된다.

글을 쓰는 행위는 도려내기, 제거하기 또는 내려놓기가 따라야 하고, 그래야 해방감이 온다.

등장인물을 밀어붙여 이야기를 가공하는 행위는 이동 혹은 전이의 과정처럼 보인다. 왜냐하면 그것은 우리 살 저 안쪽에 있는 것(감정 내지 감상 찌꺼기, 결석처럼 뭉쳐 있는 욕망, 후유증처럼 과도하게 방출되는 기억)을 외부로 이동시키며, 잊힌 희미한 것들을 하얀 종이 위로, 형태화할 수 없는 것들을 언어로 옮겨 오기 때문이다.

---

* Palimpseste: 그리스어에서 유래한 말로 쓰인 글자를 지우고 다시 글자를 써넣은 양피지를 뜻하는데, 양피지(parchemin)와 구분하기 위해 이 용어는 원어 발음 그대로 옮긴다. 줄리아 크리스테바, 제라르 주네트 같은 현대 문학 이론가들은 원텍스트에서 파생한 여러 다른 텍스트들의 상호 연관성 및 하이퍼 텍스트성을 연구하며 이 용어를 특별히 선호하여 쓴 바 있다.

옮겨진 찌꺼기들을 다시 생생하게 되살아나게 하는 전이. 에스겔이 그랬던 것처럼 하나의 «몸»이 이렇게 재구성된다. 파울 첼란이 그런 것처럼 «낮의 좁은 협곡»을 통해 이 찌꺼기들이 옮겨지면서(번역되면서) 새롭게 조명되는 것이다.

　따라서 우리는 항상 어떤 갈라진 틈에서 시작하여
글을 쓸 것이다. 이 갈라진 틈은 내밀하면서도 모든 인
류에게 공통된 것이다. 즉, 내밀하면서도 익명적이다.

　글쓰기가 통용되지 않는 사회에서도 사람들은 이
비밀스러운 균열을 번역한다. 균열을 헤아리고 파악하
며 노출시킴으로써 감춰진 비밀을 폭로한다. (수수께끼
를 푸는 정도이지 그 비밀을 모두 없애는 것은 아니다.)
각 집단 사회가 가진 고유한 등록 코드에 따라, 세대에
세대를 거쳐, 그 사회의 인간 몸에서 가장 어두운 곳에
숨어 있는 균열을 «포착»하려, 이 균열이 품고 있는 분
출하는 힘을 제한하려 갖은 애를 쓴다. 모든 폭발을 길
들이고 예방하기 위해서.

　글쓰기가 통용되지 않는 이런 사회에서는 인간의
피부가 화폭을, 종이를, 게시판을, 그러니까 뭐라도 새
길 수 있는 표면을 대신한다. 그리고 거기에 그림이나
기호를 장식한다. 문신으로 채색하거나 박피하거나 난

자(亂刺)를 새긴다. 돌이나, 뼈, 금속 조각을 박아넣거나 절개하면서 박층이나 조직편을 제거한다. 노출된 피부에 문자를 새겨—그의 피부가 양피지가 되는 것처럼— 읽게 만드는 것이다. 이런 독서는 시각적인 것만이 아니라 촉각적이다. 공공연히 드러내듯 기호들을 입체적으로 새긴 몸을 읽는 것이므로.

그 목표는 몸을 아름답게 하는 것이 아니다. 피부 세공이 화장에 대한 관심사 같은 것은 아니다. 조형적이든 조형적이지 않든 각각의 데생이나 표시는 나름 의미를 지닌다. 몸이나 얼굴 부위에서 어떤 위치를 택하느냐, 외양과 색깔이 어떠냐에 따라 그 의미가 결정된다. 그리고 이 의미는 사회정신에 충실해야 한다. 사회 한가운데 소속되어 살면서 이것을 표현하므로, 그 원칙이나 가치, 세계관이 읽힐 수도 있다. 더불어 공포와 금기들도.

아니면 그저, 이 갈라진 틈(미지의 텅 빈 구멍) 앞에서 느끼는 공포일지도 모른다. 모든 개인에게 다 나 있는 갈라진 틈. 그 위치는 정확히 지정할 수 없으나, 거기에 어떤 잠재적 폭력성이 있는지 짐작하므로 무서운 것이다.

잠들어 있는 것이 분명한데, 언제 터질지 모를 위협이 무겁게 감지되는 화산 앞에 서 있는 것과 같다. 아니, 그런 화산과도 같은 몸 앞에 서 있는 것과 같다. 야릇하게 구멍이 뚫린 여성의 몸. 여성의 성기를 닮은 갈라진 가는 틈과 아랫배 아래 숨어 있는 불안한 동굴. 달의 변화에 따라 일정한 규칙으로 흐르는 피. 움푹 파인 도가니에 수컷이 흘린 물질이 작은 인간으로 변환되는, 이 공포 중의 공포. 여성의 몸은 공포 그 자체다.

매혹될 정도로 가시적인, 살에 난 벌어진 틈. 현기증 나는 가는 틈. 매력과 혐오가 뒤섞여 욕망은 더욱 자극된다. 그 가는 틈의 선을 휘감침으로써 감추면서도 드러내는 신박한 선묘 기술 같다. 미칠 듯 빨아들이는 힘(게걸스럽게 물어뜯거나)을 그나마 격파한 것이 가지런히 맞춘 가장자리 선이다. 이 검은 입속의 «혀». 혀와 입술은 도려내진 모양새다. 수컷들은 스핑크스 같은 암컷의 성기 앞에서 절대적 침묵을 엄명한다. 어떤 «이론»의 여지도 없고, 어떤 경쟁자도 없이 그들에게 올 단 한 번의 쾌락의 비명을, 광기의 신음을 바로 그 안에 퍼지게 하기 위해서 말이다.

어떤 상처 위에서 월경의 피는 흘러나오는 것일까? 여자는, 끊임없이 모습을 바꿔 불안정해 보이거나 자기 고유의 빛에 가려져 때론 죽은 것처럼 보이는 천체인 달과 어떤 베일에 싸인 관계가 있는 것일까. 그리고 갈라진 틈은 어떤 심연으로 빠지는 걸까. 복부 아래 숨어 있는 화산의 협곡 아래서 도대체 무슨 일이 벌어지는 것일까? 남자가 거기 들어가면, 태양이라 믿고 있는, 아니 그러길 원하는 자신의 성기가 난파당할 위험은 없는 걸까?

여성의 몸이 지니고 있을 이 위험을 견제하기 위해, 아니면 얼핏 품는 유해한 생각을 억누르기 위해 몸에 이런 표시를 하는 것을 좋아했을 것이다. 되도록 자신의 구멍들—항문기, 생식기, 구강기—주변에 흔적을 새기거나 배꼽, 눈, 귀 주변 또는 그런 방향에 흔적을 남긴다. 심지어 손바닥, 발바닥에까지. 이 양극은 땅, 그러니까 바깥 세계와 닿는 곳이다. 남자들은 팔 위에, 가슴 위에, 등 위에, 얼굴 위에 «문장(紋章)을 새긴다». 사냥수나

전사의 근육 위에 새겨진 문장처럼. 영웅의 얼굴 위에 새겨진 그 빛나는 문장처럼.

여성은 이 텅 빈 공허가, 이 신비가 진력이 났다. 그녀의 배는 구멍이 파였고, 그녀의 살은 어두운 밤에 차형(車刑)을 당한 듯 찢겨 있다. 여성은 유방 위에, 복부 위에, 엉덩이와 치골 위에 그림과 문신을 새기고 박피를 한다. 남성처럼 몸 위에 인장을 새기고, 피부 위에 상감함으로써 동물적인 힘을 얻고자 하는 것이다. 천체와 조수간만의 힘, 저 우주의 자연력과 비밀스럽게 연결되고자 하는 것이다.

원예에서 박피는 나무 수액이 열매 근처에 접근하는 것을 막기 위해 나무껍질을 둥근 고리 모양으로 벗겨내는 것을 의미한다. 여성의 몸에도 이런 박피를 한다면, 겨냥하는 것은 비슷하다. 넘치는 생명 에너지—거의 치명적일 정도로 강렬하고 원시적인—의 순환을 막거나 그 에너지를 피부 가장자리 쪽으로 흐르게 유도하는 것이다.

여성은 어슴푸레한 빛의 흙으로 만든 움직이는 묘

비이다. 수액 대신 피를 공급하여 인간이라는 열매를 맺게 하는 나무이다. 기원의 신비로움, 쾌락과 공포, 욕망, 삶과 죽음이 (그 틈의 깊이가 도무지 헤아려지지 않아 환상에 사로잡히게 되는, 허리에서 무릎에 이르는 부분에서) 한데 얽혀 있는 흙으로 된 살이다.

16

원시 사회에서는 말 그대로 공동체 안에 규칙이나 금기, 공포, 꿈 등이 통합되어 있었다. 하여 몸에 그림을 그리거나 문신을 하거나 박피를 하거나 할례를 함으로써 자신이 공동체 안에 소속되어 있음을 공개적으로 드러냈다. 이렇게 장식된 몸을 우뚝 세우고 다니는 것 자체가 조상으로부터 물려받은 세계관과 질서를 항구적으로 알리는 것이었다. 이렇게 민감한 방식으로 저 태고의 담론, 그러니까 따르지 않을 수 없는 지혜를 영구히 전승한 셈이다. 아울러 나락과도 같은 광기나 착란, 리비도적인 충동을 억제하며 자신을 복구하기도 했다.

문자 사회에서는 몸을 가리거나, 의복을 걸치거나, 몸 바깥에 장신구를 단다. 이제 몸 게시판은 없고 몸으로 쓰는 필기물이 있을 따름이다. 문자 사회의 몸은 손에 글을 쓰는 일을 맡김으로써 그 기능을 위임했다. 자기 고유의 피부를 쓰는 대신 점토판이나 석판, 금속판,

아니면 식물 원료나 동물 가죽을 사용하는 것이다. 하여 담론은 다양화 되고, 어조는 무한정 바뀐다. 담론은 쓰는 자의 몸에서 분리된다. 담론은 그 담론을 만들어 낸 자보다 오래 살아남아 시대를 거슬러 올 수 있다. 3천 년 전 이집트 파피루스에 쓰여 있던 것이 전해짐으로써 이것을 쓴 자도 불멸성을 얻게 된 것이다.

글 쓰는 자들은 이렇게 인생을 마감했다
동시대인들은 완전히 잊혀졌다
청동 피라미드를 세운 것도,
금석을 남긴 것도 아니었다
훗날 그들의 이름을 불러줄 후사를 낳은 것도 아니었다
그들은 다만 후사 대신 책을 낳았다
직접 쓴 것이었다
작품에 그들의 장례를 집전할 사제의 의무를 부여했다
그들의 서판은 그들의 《사랑하는 아들》이 되었다
그들의 작품은 그들의 피라미드였고
그들의 갈대는 그들의 자식이었고

비석은 그들의 아내였다 (...)

인간은 소멸하고, 다시 먼지가 되고,

비슷한 부류들은 다 흙으로 돌아간다

책만이 그에 대한 추억을 입에서 입으로 전할 것이

다

인간의 피부 위에 그리거나 새긴 흔적은 새로운 자유를 얻게 해준다. 물론 다른 구현 매체여도 된다. 글 쓰는 자는 자신이 남긴 기호로 몸을 만드는 것이 아니라 (이런 기호들은 더 이상 그의 몸을 만들어주지 못한다. 얽힌 의미 얼개들도 그 몸을 덮어주지 못한다), 그 기호들과 또 다른 관계를 만든다. 가령 친자 관계, 계열 관계, 연애 관계. «그들의 갈대는 그들의 자식이었고, 비석은 그들의 아내였다...»

그러나 자식은 가출벽이 있고 아내는 정절을 지키지 않을 수 있다. 기호와 상형문자, 룬 문자*, 알파벳 문자 들은 글 쓰는 자보다 오래 살아남았지만 시간이 흐르면서 최초의 의미가 흐려졌을 수 있다. 명징하지 않

---

* 고대 북유럽의 문자.

거나 왜곡되었을 수 있지만, 바로 그래서 그 어느 때보다 더 많이 그 의미를 사색하게 된다. 상상하게 된다.

17

소설가는 필경사다. 오늘날에는 펜이나 타자기, 아니 컴퓨터 자판으로 쓰지만 옛날처럼 끌로 쓰든, 철필로 쓰든, 갈대촉이나 거위 깃털로 쓰든 상관없다. 소설가와 소설가가 쓴 글의 관계는 필경사와 필경사가 쓴 글의 관계와 같기 때문이다. 저 먼 옛날 이집트의 신전에서 필경사가 환기한 사랑의 기본 형태를 여기에 섞어야 한다. 즉 부자 관계(모자 관계), 계열 관계, 연애 관계. 그런데 이 다양한 형태의 사랑에는 길항적인 요소가 많다. 종교적 차원에서는 이 서로 다른 관계들이 물에 녹아 변화한다.

소설가는 부재의 신성성 또는 가능한 세계의 아름다움 그 모두를 찬양한다. 신적인 세계나 주군의 세계를 말하는 것은 아니다. 소설가는 어떤 카스트에도 속하지 않는다. 사원(寺院)에서 복무하며 글을 쓰는 것도 아니다. 길을 잃고 헤매면 자신의 상상을 틀어쥐고 지배할 뿐, 그에게 '카스트'와 '사원'은 문학적 비유에 불과하다. 삶의 소용돌이 속으로 들어가 인간의 열병들에 관해 질문하며 평범한 일들 속에 자명한 이치를 깨닫거나, 그런 것이 아닌 것을 몰아내는 일 외에 달리 할 일은 없다. 등장인물들 외에 다른 안내자는 없다. 이들이 소설가를 찾아오면 인생이라는 서커스 극장 무대 뒤로 잠시 불러 그들의 이야기를 듣는 수밖에 없다.

카스트로부터 해방된 현대의 소설가지만 문양이나 기호를 새겨 몸으로 이야기하는 원시 사회 구성원들과 정말 아무런 연관이 없을까? 물론 현대의 소설가는 자기 얼굴 위에다 글을 쓰지는 않는다. 그가 사용하는 기호는 완전히 다르다. 사선이거나 지그재그. 훨씬 간접적이고 우회적이다. 남자 또는 여자의 그늘진 부분을, 야만적인 부분을 추격한다. 하여 자기만 알고 있거나 침묵 속에 보안을 유지하는 것이 아니라 오히려 양지로 끌어내 밝히고, 이런 발견을 다른 이들과 공유한다.

그럼에도 불구하고 그의 몸이 쏠리는 것은 똑같은 안쪽 후경, 즉 두꺼운 살 아래 파묻혀 있는 어두운 세계이다. «이성»을 미행하고 탐사한다고는 하지만 이성 주변의 의식 아래 사행천처럼 음험하게 흐르는 광기와 폭력의 물살에 더 쏠린다. 그가 몸을 숙이며 보는 것은 살가죽이지만, 청진기를 통해 더 안의 자기 자신도 보는 것이다.

아우스쿨타레(Auscultare). 청진하다. 듣다.

몸 안쪽에서 온갖 것들이 뒤섞여 나는 소리가 들린다. 두런대고, 중얼거리고, 울부짖는가 하면 꾸르륵거린다. 살 밑의 주름들과 심장의 주름들에서, 생각들의 습곡과 욕망들이 접힌 곳에서. 이런 주름들은 다 이상하게 구겨져 있거나 가장자리가 풀어 헤쳐져 있다. 나이도, 자제심도, 휴식도 없다. 소리를 내지 않으면서도 마구 일어나는 충동으로 주름들이 다 찢어질 정도다.

이 모든 매우 낮은 소음들을 들을 수 있도록 소설가에게 제공된 것이 바로 등장인물들이다.

18

종이의 낱장 또는 화면은 인간 피부의 대체물이다. 무한히 재생되고 증가하지만 항상 하얗고 중성적인 피부. 수천 개의 낱장을 새까맣게 만들 수도 있고 낟알을 떼듯 화면 안에 무수한 단어들을 쏟아놓을 수도 있다. 침묵으로 가득 찬, 얼룩 하나 없는 새로운 낱장이 불시에 나타난다. 끝없이 화면은 비워지고, 하얗게 얼어붙는다. 탐색을 하거나 촉진에 가까운 청진을 무한히 해야 한다.

종잇장과 피부는, 거울에 비친 듯 서로 닮은, 긁히거나 타지도 않은 다공의 매끈한 표면들 덕분에 혼동될 수 있다. 몸 저 밑바닥에서부터 올라온 음영의 파편물, 또는 어떤 침전물이, 그러니까 생각과 언어의 침전물이 그 표면들 위로 나타난다.

종잇장과 피부, 언어와 살. 둘은 서로 스며들고 교환된다. 종이 위에 새겨진 단어들은 몸속을 흘러 다니는 어두운 에너지의 흐름을 포착하려 한다. 말에 기생하는 암묵적인 내용들과 생각을 경색시키고 행동을 급작스레 빗나가게 만드는 음험한 빛을 표현하려고 애를 쓴다.

종잇장은 비록 식물 원료로 만들었지만 여전히 양피지 기능을 한다. 말하자면, 위임받은 피부이다. 셀 수도 없이 많은 작은 조각들로 흩어져 있는 인간의 허물이다. 피부처럼, 종잇장은 팔랭프세스트인 것이다. 순백의 종잇장 위에 쓰인 옛날의 필적들에 슬그머니 새로운 단어들이 덧입혀지고 뒤섞이는데, 작가도 모르는 사이 그 흐름이 바뀌는 글쓰기가 되어가는 것이다.

피부는 태어나면서부터 팔랭프세스트가 된다. 기호와 흔적, 착상, 느닷없이 솟구친 생각들이 망 조직을 이루며 표면에 펼쳐진다. 가지치기를 하듯 계속해서 증식하며 새로운 흔적이 새겨지고 변화가 생긴다. 한 인물의 생애 동안 이 피부 위에 계속해서 흔적들이 남는다. 시간이 흘러가면서만 주름이 파이는 것이 아니라 탄생 이전의 시간에 의해서도 파이는지 모른다.

갓난아기는 옛 조상들의 말과 울음, 한숨, 행동, 몸

짓 등이 수록된, 아직은 읽을 수 없는 모음집이다. 그 안에 쓰인 것들은 끊임없이 수정되고 삭제되고 왜곡되고 덧붙여지고 지워질 수 있는, 부드럽고 말랑말랑한 살로 이루어진 작은 우화집이다.

컴퓨터 화면의 경우 종이와 같은 «외피»의 특성을 유지하면서, 글쓰기 과정에서 발생할 수 있는 예상치 못한 사건의 영역을 더 좋든 나쁘게든 풍성하게 한다. 화면은 작성 중인 텍스트를 연속적으로 보여주며, 흔적이나 얼룩, 지운 자국을 남기지 않고 언제든지 수정된 내용만을 걸러내어 보여주는 «파노라믹 뷰»를 제공한다. 아주 생생하고 유희적인 유연한 형태. 그러나 위험이 없는 것은 아니다. 서툰 조작으로 여태 쓴 것을 다 날릴 수도 있다. 때로는 다 사라져 버린다. 컴퓨터 화면은 장갑처럼 뒤집을 수 있는 배신자의 얼굴을 하고 있다. 장갑 속은 텅 비어 있는데, 보이지 않는 손이 단어를 다 훔쳐 간 것일까.

이 손은 무엇일까? 미숙한 작가의 손? 아니면 지금 한창 작업하고 있는 책에 나오는 등장인물의 손? 자신을 해석해준 이 결과물에 만족하지 못하는 등장인물의 손?

　컴퓨터 화면은 눈부신 하얀 밤이 되어 상상을 좌초
시킨다. 하얗게 지새우는 불면의 밤에는 상상을 위한
자리가 없다. 여기에는 어떤 압류도 거부하며, 적대적
인 침묵 속에서 두문불출하는 단어들의 완강함만이 남
아 있을 뿐이다.

19

《최후의 심판》에서 미켈란젤로는 성 바르톨로메오라는 인물을 통해 인간의 살가죽을 환상적으로 재현하였다. 심판관인 예수 그리스도의 발 아래, 바위처럼 생긴 단단한 구름 위에 앉아 있는 성 바르톨로메오는 거대한 소용돌이를 이루고 있는 인간 군상들로부터 조금 떨어져 그림 한가운데 있는데, 예수 그리스도는 바로 그 위에서 오른손을 높이 치켜들고 통치자의 시선으로 이 프레스코화에서 보이는 두 개의 움직임을 진두지휘하고 있다. 하나는 영벌을 받은 자들이 지옥의 심연으로 떨어지는 움직임이고, 다른 하나는 바른 자들이 신성한 빛을 향해 올라오는 움직임이다.

바르톨로메오는 선출된 소수로, 전경에, 그러니까 그의 주님 바로 옆에 자리하고 있다. 자크 드 보라진이 쓴『황금 전설』에 따르면, 그는 세 가지 종류의 체형을 받았다. 머리를 아래로 가게 하여 십자가에 거꾸로 매달린 형, 살가죽이 벗겨진 형, 그리고 마지막으로 참수.

순교자로서의 그의 몸이 고문을 받고 난도질 당하고 참수를 당했다면, 부활한 그의 몸은 투사와도 같은 힘을 지녔다. 피부는 단단한 대리석 같고, 대머리는 돌탄환을 연상시킨다. 긴 수염은 지의류(地衣類) 식물 다발 비슷하게 생겼는데, 하늘에 있는 심판관을 향해 노여움 가득 찬 시선을 던진다. 그리고 유일하게 살아 있는 그 자와 죽은 자들 모두를 향해 보란 듯이 자신의 신성한 분노를 상징하는 물건 하나를 내밀고 있다. 허공에 매달려 있는, 이상하게 생긴 헌 옷이 그것이다. 우주적 공허일까?

이 무정형의 넝마는 벗겨진 그의 살가죽에 다름아니다. 회색의 흐물흐물한 살가죽. 이 넝마 한가운데 고통과 분노로 인상을 찌푸리는 얼굴 하나가 달려 있다. 이 뒤틀린 얼굴은 미켈란젤로의 자화상이다. 사다리 꼭대기까지 올라가서 끔찍할 정도로 몸을 완전히 구부리고 매일같이 작업한 화가의 극심한 피로와 격노를 표현한 것이다. 이 작품을 주문한 교황들의 독촉에 화가 나고 그들을 이해할 수도 없었던 작가가 자신의 솔직한 감정을 이렇게 풀어놓은 것이다.

«몸을 너무 비틀고 일하다 나는 갑상샘종에 걸렸다. /물 많이 먹은 롬바르디아 고양이들처럼[...] 배가 턱에 붙었다. /수염은 하늘을 향해 뻗어 있고, 목덜미가 느껴졌다. /내 등에는 수리의 가슴팍이 달려 있다.» 4세기 전, 시스티나 성당 천장에 벽화를 그린 뒤 제엽염에 걸려 지칠 대로 지친 화가는 분노에 차 이런 소네트도 썼다.

아무에게도 보여주지 않고 비밀리에 작업한 미켈란젤로는 마침내 작품을 공개했고, 이를 본 교황 율리우스 2세는 몇 가지 수정을 요구했다. 인물 몇몇에 황금색을 입혀 작품이 전체적으로 좀 더 밝게 빛났으면 한다는 것이었다. 그러자 미켈란젤로가 대답했다. «이 자들이 황금빛을 띠어야 하는지는 모르겠습니다.» 성당이 찬란하게 빛났으면 싶은 율리우스 2세는 한숨을 쉬며 말했다. «가난해 보일 걸세.» 그러자 화가가 반박했다. «가난한 자들이면 가난하게 그려야죠.»

여기서 가난한 자들이란 아담과 그 후손들이다. 수르, 신, 파란의 사막을 방랑한 자들과 유대 사막의 선지자들. 예수 그리스도와 그의 제자들. 모두가 가난한 자

들이다. 아니, 화가에게 모델이 되어준 이 민족의 모든
여자들과 남자들 또한 가난한 자들이다.

　부자들의 황금보다는 벗은 몸의 광채를 미켈란젤
로는 선호했다. 그 헐벗음의 힘. 공격받기 쉬운 인간의
살가죽이 곧 찬란한 광채였다.

20

아담의 살가죽은 시스티나 성당 천장 저 위에서*, 신세계의 새벽빛처럼, 진주모의 그 발그레한 분홍빛처럼 반들거리고 윤기 나며 찬란하다. 순백의 은총 한가운데서 무중력 상태로 저 높이. 시간은 아직 처녀처럼 순결한 상태이며, 죽음은 아직 엄벌을 가하지 않았고, 악과 고통은 아직 역사 속에 입장하지 않았다.

순교자의 살가죽은 시스티나 성당 서쪽 벽 위에 그려진《최후의 심판》속 짙은 푸른색 바탕에 걸려 있는데, 주름져 있고 지쳐 있으며 어두운 흙빛이다. 이 주름속에 무거운 비극을 응축하고 짓이겨진 상처를 보여주며 인간의 흉악한 잔혹함을 고발하는 것이다. 시간의 종말이 다가오면, 포만에 찬 죽음의 신은 수천만 수십억 시체를 실어나를 것이다. 미친 듯 달리고, 뛰고, 돌고,

---

* 작가가 따로 언급하지는 않았지만, 여기서 아담은 성당 천장에 그려진《천지창조》에 그려진 아담이다. 하나님이 최초의 인간 아담에게 생명을 불어넣는 창세기 일화를 그린 장면에서 아담과 하나님의 손가락이 닿을 듯 말 듯 표현되어 있다.

발을 굴러 숨을 헐떡이는 죽음의 신은 이루 헤아릴 수
도 없는 자신의 악행을 차갑고도 무심하게 늘어놓으리
라.

이것은 거인 미켈란젤로의 모든 고통을 표현한 것
이다. 도중에 작은 불이라도 만나면 순식간에 불타버
릴 것 같은 «유황 심장»과 «삼부스러기 피부»를 가진
거인 미켈란젤로가 열정과 욕망으로 온몸이 타버린 채
노동과 싸움, 온갖 질병으로 만신창이가 되어 정신적
고문에 가까운 숱한 질문을 던지면서 그려낸 그의 모
든 신체적, 정신적 고통의 재현에 다름 아니다.

이것은 우리 모두의 피부이다. 부드럽지만 거친 피
부. 때로는 애무와 키스, 포옹으로 작은 전율이 이는가
하면, 때로는 타격과 상처로 고통스러운 섬광이 인다.
황홀경도, 인내력도, 고통도 모두 느끼는 우리의 피부.

그 취약함은 조롱거리에 불과하겠지만, 이것이 우
리 산 자들의 엄연한 외피이다. 괴롭혀지고, 더럽혀지
고, 불태워지고, 갈라져 떨어져 나가기 쉬운, 정말 아무
것도 아닌 우리들의 외피. 그러나 놀랍도록 예민하고
유연하니, 관능의 기쁨으로 차올라 황홀경에 눈감고

전율한다. 하여, 재생할 것이다.

이것은 우리의 의복-양피지이다. 이 양피지 위에 시간은 쓰여지고, 새겨지고, 굳어진다. 어느덧 흐려지고, 결국엔 지워진다. 우리의 의복-팔랭프세스트는 늘 이미 쓴 것이 뒤집혀 다시 쓰여진다. 우리의 의복-필기물에는 과거와 현재의 잉크가 은밀히 합류하여 서로 대립하며 무겁고 두텁게 또는 가볍고 얇게 섞여 들어간다.

이것은 우리의 피부이다. 순간처럼 얇은, 기억처럼 두터운. 밝음에서 어두움으로 미묘하게 농담을 달리하며 끊임없이 변하는 바닷빛 하늘 같다.

우리의 영광과 재앙의 옷이다.

성 바르톨로메오는 처형당한 자신의 피부를 비극적이고도 호전적인 깃발처럼 휘두른다. 위의 하늘 법정을 향하여. 그리고 아래의 해산하듯 갈라지는 땅을 향하여. 초라하고 흉측한, 그럼에도 웅대한 이 깃발은 지복(至福)과 영벌(永罰) 사이를 떠도는 비틀린 육신들 가운데서, 영원의 구름 떼 속에서 울리는 거친 따귀 소리와 울부짖는 쉰 목소리다.

그의 생의 깃발, 모든 생의 깃발. 살은 다 사라지고 마지막 몸에 남은 것. 음울하고 일그러졌으며 악취 나는 허물. 그러나 최후의 심판의 날, 책임과 면책 그 둘 모두에 대한 증거의 자료. 지상에서 보낸 덧없는 시간 동안 수행하고 완수한 그 모든 일과 몸짓, 동작, 행동을 하나하나 보여주는 문서 이상의 문서. 몸의 기록.

이런 의문이 든다. 이 외피 기록은 어떤 오류의 증거로, 어떤 결백의 증거로 드넓은 우주 앞에 펼쳐져 전시되어 있는가? 이것은 인간의 책임인가? 아니면 잘못을 저지르고 죄짓기 쉬운, 비참한 인간을 창조한 신의 책임인가? 인간들이 받은 이 고통과 두려움에 대하여 도대체 누구에게 해명을 요구해야 할까?

21

소설가가 이런 신학적인 문제들에 답해야 하는 건 아니다. 다만 우연히 이런 문제들에 부딪히기는 한다. 글쓰기의 배회 속에 이런 문제들과 실랑이를 하는 일이 더러 있는 것이지, 이 문제를 해결해야 할 의무가 소설가에게 있는 것은 아니다. 게다가 그 누구도 이런 능력이 없다. 딱 자르듯 분명한 해답을 내놓을 수 있는 권한이 누구에게도 없다. 신학자라고 해서 이런 권한이 더 많은 것도 아니다.

악과 부정, 결백한 자들의 고통에 대해 이토록 아찔한 질문을 던지는 성 바르톨로메오의 벗겨진 살가죽은 사상적 도전이며 돌이킬 수 없는 스캔들로, 하늘과 땅 사이에 매달린 채 최후의 시간까지 남아 있을 것이다. 인간의 몸이 얼마나 이상한 천으로 이루어져 있는지 노골적으로 보여주는 이 살가죽은 소설가가 탐험하고 질문해야 하는 놀라운 영역, 즉 모든 가능한 영역에 대한 뛰어난 메타포이다.

인간의 살가죽, 그러니까 실제의 살가죽에 대해, 긍정이든 부정이든 할 수 있는 말이 무엇이든 간에, 우리는 그것에 대해 많은 걸 알지 못한다. 바로 그것이 등장인물들이 끊임없이 솟구치는 이유다. 미켈란젤로가 《최후의 심판》 벽에 호방하고 무례하게 던진, 반은 죽어 있고 반은 살아 있는(터무니없어 보이지만 둘 다인) 이 늘어진 살가죽을 우리에게 떼어내라고 독촉하기 위해서 말이다. 재단사가 천 위아래를 손으로 만져 보면서 질감과 조직, 내구성을 살피듯 우리 작업대 위에, 우리 무릎 위에 이 살가죽 조각을 펼쳐놓기 위해 먼저 일부분을 떼어내야 한다. 마지막으로, 등장인물이 간청하는 정도에 맞추어 이 살가죽을 재단해야 한다.

각각의 등장인물은 하나의 실험적인 살가죽이다.

소설의 모든 이야기는 결국 청진, 절제(切除), 끊임없이 바꾸는 수선 같은 이런 다소 우스운 작업으로 이루어져 있다. 희미한 빛으로 감싸 보이지 않게 짜여진 인간의 살가죽 위를 긁어대거나 문신을 새기고 수를 놓으며 이야기는 만들어지는 것이다.

항상 인간의 살가죽 위에 쓴다. 다른 물리적 실현 매체가 없기 때문이다. 항상 인간의 살가죽에 대해 쓴다. 소설에서 다른 주제란 없기 때문이다. 실존의 불확실성. 아무리 말해도 다 말해지지 않는 인간의 난해함. 지극히 어려운 사랑. 그럼에도 도무지 가라앉지 않는 사랑의 열정. 불가피한 고독. 그토록 다함 없는 사랑 끝에 생기는 냉소. 죽음 같은 허무. 이런 것들을 말할 수밖에 없기 때문이다.

살가죽 위에 쓰는 것은, 살가죽 아래, 즉 밤과도 같은 살 속에서 부화하고 있는 외침을, 말을, 침묵을, 부르짖음을, 한숨을 울리게 하려는 것이다. 마르그리트 뒤라스가 끊임없이 했던 것이 이것이다. «안에 있는 그림자»를 스며 나오게 하기. 『여름 80』에서 뒤라스는 이렇게 쓰고 있다. «우리는 세계라는 죽은 몸에 대해, 그리고 사랑이라는 죽은 몸에 대해 항상 써오고 있다고 생각한다. 경험했거나 경험했다고 가정하는 것을 그 어떤 것으로도 교체하지 않고 있는 그대로 쓰려고 하다 보면 글쓰기는 어딘가로 휩쓸려 들어간다. 그리고 거기로 가보면 아무것도 없다. 텅 빈 곳이다. 사막과도 같은 곳이다. 바람이 불고, 밤의 적막이 뒤따른다. 그러나

이 적막은 바람이 물러나면서 만든 것이 아니라 다가
올 아침이 만든 것이다.»

인간의 살가죽. 밤 위에 누워 전율하는 낮의 외피.

22

지난 십여 년 전부터 도대체 무슨 일이 있었기에 예술 창작 분야에서, 특히나 소설 분야에서 몸이 그토록 매력적인 오브제가 된 것일까? 몸의 모든 상태, 모든 부분이 뒤죽박죽 혼란스럽게 다뤄지고 있다. 특히 가장 비밀스러운 몸의 아랫부분 또는 안쪽 부분까지 적출하듯 공개적으로 드러내고 있는 것이다. 마치 내장을 다 들어내듯이.

1986년 출간된 『소설의 기술』에서 밀란 쿤데라는 유럽의 소설이 역사적으로 이제 «네 가지 호소»에 답해야 한다고 강조한다(각 시대마다 «시대적 공기»가 있는데 아직은 잘 들리지 않는 데다 말을 더듬듯 떨면서 작게 말하는 목소리를 밀란 쿤데라는 아주 잘 포착하여 증폭시킨 그만의 놀라운 글을 써내게 될 것이다). 쿤데라가 말하는 «네 가지 호소»는 우선 로렌스 스턴과 디드로의 «놀이의 호소», 카프카의 «꿈의 호소», 무질과 브로흐의 «사상의 호소», 그리고 마지막으로 «시간의 호소»이다. 마치 «이미 흘러간 자신의 삶을 단 하나의 시선으로 포착하는 노인»처럼 총결산을 위해 자신의 과거를 되돌아보며 «유럽의 시대, 집단적 시대의 수수께끼»를 말하고 있는 것이다.

«소설이 가게 될 미래의 길»에 관해서라면, 쿤데라는 무릇, 통달한 신중함으로 예언하기를 거부한다.

그렇다. 사실 이건 예언을 할 사안이 아니다. 그럼에도 불구하고 현대 문학이 보이는 몸에 대한 관심에 대해 질문해볼 수 있을 것이다. 우선, 흔히 이 몸은 작가의 몸일 수 있다. 아니면 가까운 사람—부모나 성적 파트너. 자신이나 자신과 가까운 부모 또는 연인이 마치 자력에 이끌려 공전하다 개중 등장인물이 될 만한 사람이 있다 싶으면 갑자기 비상하는 것이다.

자신이 등장인물로 승진하고, 자신의 과거가 거울 속에 놓이거나 돋보기 아래 놓이지만, 이것은 자서전(autobiographie)을 쓰기 위한 것이 아니라 오토픽션*(aut-ofiction)을 쓰기 위한 것이다. 중요한 것은 이 두 유사 세계의 좁은 경계 사이로 활주해 들어가는 일이다. '내'가

* 사실과 허구가 섞인 이야기를 뜻한다. 영어로는 팩션(faction)이라고도 한다.

소설적 인물이 된다는 것은 '내'가 무대 위에 등장하는 것처럼 연출되고, 몸은 다양한 정지 화면처럼 노출됨을 의미한다. 욕망하는 몸, 일하는 몸, 권태에 찌든 몸, 분노에 휩싸인 몸, 유혹에 사로잡힌 몸, 병에 걸린 몸, 고통스러워하며 죽어가는 몸. 금기의 선을 넘으며 강렬한 쾌락적 기쁨에 전율하는 성적인 몸. 과잉과 역설을 양손에 쥐고 저글링하며 불멸의 꿈 위를 줄타기하는 필멸의 몸. 생의 공격과 마주한 몸.

지상에서 그토록 열정적이었던 몸은 천상의 몸이 된다. 글쓰기를 통해 이른바 슬로모션의 흐름으로 불타는 별똥별이 되는 것이다. 서약들을 꼬리처럼 뒤에 달고 실처럼 떨어지는 유성이 되는 것이다.

인간으로서 그토록 열정적이었던 몸은 신의 몸이 된다. 여전히 유희를 즐기면서도 몽매에서 깨어난 듯 각성한 작은 신. 교훈을 줘야 한다는 근심으로부터 벗어나 해방된 신. 그래서 비로소 진실을 밝히는 신. 율법도 사원도 없는 조락의 신. 태양 가득한 나날의 정원을 배회하며 생명과 모든 과일 열매를 탐미하는 신. 제 안에서 들리는 노랫소리를 듣고는 «몸의 호소»를 퍼뜨리는 전령의 신.

23

픽션의 주인공과 오토픽션의 나-등장인물 사이에 정말 차이가 있는 걸까?

두 경우 다 자기 안에 있는 «어떤 것»(억압된 목소리)이 들리기를, 읽히기를, 쓰여지기를 요구한다. 형태, 구조, 밀도가 주어짐으로써 이야기가 만들어지지만 이야기의 부재로 이 «어떤 것»이 제대로 말해지지 않으면 고통스럽다.

두 경우 다 내부에서 들리는 강력한 청원에 답한다. 우리는 자기 존재 내부의 혼란, 더 나아가 세상과 인간 존재 내부의 근원적 혼란과 싸우기로 각오한다.

두 경우 다 상상 공장을 가동한다. 다소 천진하게 속이거나 거짓말을 한다. 추억과 감정, 생각을 가지고 가공하거나 실제를 더 잘 가공하기 위해 현실 조각을 모아 편물을 뜨듯 위조하고 조합한다.

두 경우 다 언어의 증류기 속에 «인간 실존»을 놓고 실험한다. 이른바 **동사의 연금술**에 몰두하는 것이다.

살을 단어로 바꾸고 피를 잉크로 바꾸는가 하면, 저 내장 깊숙이에 있는 예상 밖의 것을, 정신 저 바닥에 있는 도무지 생각할 수 없는 것을, 꿈에서 나온 전대미문의 것을 어휘에 실어 흐르게 하거나 작은 한 오라기 의미라도 불어넣으면서 어떻게든 언어로 표현하는 것이다. 우리가 육화한 것을 더 잘 껴안기 위해서는 우리 스스로 벗겨져야 한다. 살가죽이 떨어져 나가듯, 동사의 어미가 떨어져 나가며 제격에 맞는 술어로 변환된다.

분트글리제네스를 벗겨내며 살은 벗겨진다.

두 경우 다 살가죽이 벗겨진 성 바르톨로메오의 대담함으로(다소 뻔뻔하고 무례하거나, 아니면 우회적인 방식으로 권력을 향해 이의제기를 하는 싸움꾼이자 고발자처럼) 살가죽을 ─자기 살가죽이든, 다른 사람의 살가죽이든─ 드러낸다. 살가죽을 펼쳐놓는다. 돌려서 뒤집고 다시 또 뒤집는다. 살가죽을 회초리처럼 흔든다. 신혼 첫날밤의 홑이불이나 죽어가는 자의 침대 홑이불처럼 뒤흔든다. 왕홀이나 어릿광대의 지팡이를 흔드는 것처럼, 전조등이나 손수건 하나를 흔드는 것처럼 살가죽을 흔드는데 상황에 따라 다르다. 그러고 나면 밀운 같은 단어들과 꿀벌떼 같은 기호들이, 땀 같은 잉크가 살가죽에서 새어 나오는 것이다.

　두 경우 다 바람 속에서 글을 쓴다. 어디에서 몰려오는 바람인지, 어디에서 불어오는 바람인지는 모르지만, 무수한 바람들, 무수한 단어들.

　그러나 두 경우 다 작가와 등장인물의 관계가 동일한 것일까? 등장인물이 작가 자신이거나 또는 작가의 상상적 자아(소설에서 이야기가 펼쳐지는 시간과 공간, 성격, 성별, 나이가 간혹 작가와 많이 다른)일 때 말이다. 오토픽션의 «나»가 자유롭다면 그것은 어떤 자유일까? 픽션의 인물들처럼 그렇게 생생하고 놀라울 수 있을까? 가능하다. 단, 조건이 있다. 작가는 자신을 이상화시키고 흥분시키는 거울 앞에 서 있어서는 안 된다. 자신을 비추던 이 거울을 세계를 향해 돌려 세계가 거울에 비치도록 해야 한다. 또한 작가는 자신에게 들러붙어 서식하는 «내면의 그림자», 그 거대한 덩어리에서 떨어져 나온 모든 안개층이 표면 위로 올라오게 내버려 두는 위험도 감수해야 한다. 마지막으로 작가는 자신과 멀어져야 한다. 언어의 불연속적인 흐름에 떠밀려 자기 자신으로부터 아주 멀어져야 한다.

　바로, 망아(忘我)하는 것이다.

　　　　　　　　　　*

　망아(忘我). 글을 쓰는 중에, 텍스트에 가장 세심한 주의를 기울이는 바로 그 순간 자신을 잊어버리기. 다르게 보기 위해, 다른 것을 발견하기 위해, 자신과 멀어지기.

　어쨌거나 우리는 쓰고자 했던 것이 정확히 무엇인지 모르기 때문에 쓰고 싶었던 책은 절대 쓰지 못한다. 매번 새 책이 완성될 때마다 만족스럽지 못하고 회의가 든다. 길을 한참 헤맨 기분이고, 말해야만 하는 것을 말하는 데 실패한 기분이 든다. 파도가 되밀려오듯 이상하고 거친 움직임이 일어나 다시 인내하며 정성 들여 쓰는데, 여태 쓴 글의 모든 잉크가 어두운 밤바다의 거대한 파도처럼 들고 일어나 마침표 바로 앞에 와서 철썩 부딪히며 바스러진다. 글은 역류하여 공중에 일렁이는 검은 먼지 구덩이 속으로 휩쓸려 들어간다. 부서진 단어들이 텅 빈 하얀 종이에 널브러져 있다. 이제 끝이다. 다시는 글을 쓰지 않을 것이다. 너무 헛된 기획이었다. 침묵은 결국 난파로 끝났다.

　글을 쓴다는 것은 참으로 우스운 일이다. 침묵의 망망대해 앞에서 종이 제방을 쌓는 행위다.

　침묵, 오로지 침묵만이 결정권을 얻는다. 다량의 단어들에 분산되어 있는 의미를 굳건히 견지하는 것이 곧 침묵이기 때문이다. 결국 글을 쓸 때, 우리는 침묵을 향해 가는 것이다. 열정적으로, 은밀하게, 침묵을 열망하는 것이다. «침묵을 지키는 것, 바로 그것이 글을 쓰는 우리 모두가 무의식적으로 원하는 것»이라고 모리스 블랑쇼는 말했다.

24

소설은 직설법 시제로만 쓰여진다. 가령, **하다**(faire) 동사를 현재와 과거 시제로 변형하는 식이다. 여기에 반과거, 단순과거, 복합과거 등을 혼합하기도 하고, 전과거, 대과거 등을 붙여보기도 한다. 어미 변화 규칙을 적용한 접속법 시제를 쓰기도 한다.

소설에서는 미래 시제를 잘 쓰지 않는다. 단순 미래든 전미래든. 이 두 시제가 소설 흐름상 여기저기서 미끄러져 들어오기는 하지만, 활용은 제한되어 있다. 분명한 시간적 차이나 괴리 등을 지시할 때만 정확히 쓴다(전미래 시제는 사람을 불안하게 하거나, 감각적 변화를 일으키는 아주 미묘한 것까지 암시하는 힘이 있다. 가령 멜랑콜리에 빠지는 순간이 그 전형적인 예이다. 아직 도래하지 않은 사건을 이미 도래했거나 만기가 되었다고 간주하며 과거라는 모호한 언저리 안에 투영하는 식이다. 아니면, 이미 체험한 것을 현재적 순간의 감미로움 속에 다시 꺼내 펼치며 미묘한 슬픔에 젖는 식이다.* 우리는 서로 사랑하게 되겠지. 그는 모든 것을 잃게 되겠지. 그녀는 아주 멀리 떠나게 되겠지, 그들은 행복해지겠지. 그날 하루는 너무나 아름다웠겠지. 당신은 모두 잊게 되겠지만.**

소설에서 명령형은 아주 자유분방한 문체를 연습할 때는 좋다. 정도를 벗어난 것 같은 어떤 산문시를 떠올리게도 되는데, 우스워보일 위험이 따른다. 이런 건 소설이 되지 못한다.

현재 또는 과거 조건절 시제로 쓰는 소설이 아주 많지는 않다. 무거워지거나 거리감이 생기거나 불확실해지기 때문이다. 하지만 이런 술어 양식은 미래(때로는

---

* 멜랑콜리(mélancolie)라는 단어에는 '검은 물'이라는 뜻이 들어 있는데, 생리학이나 해부학에서 말하는 '검은 담즙'(bile noire)과도 유사하다. 정신병리학에서는 어떤 과거의 사건에서 빠져나오지 못하고 연신 다시 그 과거 속으로 들어가는 퇴행성으로도 묘사한다. 그러나 이 퇴행성에 인류가 느끼는 원초적 기쁨이 자리한다.

** 원문은 «nous nous serons aimés; il aura tout perdu; elle sera partie très loin; ils auront été heureux; cette journée aura été si belle; vous aurez tout oublié»로, 모두 전미래 시제로 되어 있다. 만일 단순 미래를 쓰면 «nous nous aimerons; il tout perdra; elle partira très loin; ils seront heureux; cette journée sera si belle; vous tout oublierez»가 된다. 단순 미래는 동사 행위가 곧 실현될 것이라는 사실을 제시할 뿐이지만, 전미래는 저자가 이 단락에서 피력하는 것처럼, 현재의 감정이나 심리의 여파(또는 영향권) 아래서 미래에 실현될 행위를 예감하는 등 두 시간대가 미묘하게 공존하는 느낌이 있다, 우리말로는 이 단순미래와 전미래의 차이를 정확히 살려 번역하기 힘든 어려움이 있다.

현재와 혼동될 정도로 바로 임박한 미래) 또는 과거에 펼쳐질 것으로 간주되는 가설적인 또는 상상적인 사실을 표현하므로, 소설적 글쓰기에는 분명 어울리는 점이 있다. 확신이 안 들거나 예상 밖의 것이 나타날 수 있도록 폭넓은 여지를 두면 서술할 것이 많아지는 아주 탁월한 소설적 양식인 것이다. 특히 이런 양식을 쓰면 소설가를 제 위치에 둘 수 있다. 몰래 그늘에 숨어서 다 듣고 놀라는 사람처럼 소설가는 이런 멋진 긴장 상태에 있으면서 겸손하게 불확실성을 표현하고 신중하게 전제나 암시를 할 수 있을 것이다. 그런데 구체적인 사실이나 시간을 초월한 비물질적 실재를 가리키면서 보편적인 진실을 발화하는 직설법 시제와는 반대로 이 시제는 보이는 것과는 다르게 그렇게 공상적이지는 않다.

아마, 조건법도 직설법 시제만큼이나(전미래 시제는 별도로 하고) 실재와 내밀한 관계를 맺을 것이다. 나름 사실에 근거를 두었음을 여실히 보여주기 때문이다. 조건법은 빵 반죽이 휴식을 취하며 중간 발효를 하듯 실재계라는 반죽 속에 쉬면서 서서히 발효되는 그 어떤 것을 말하는 듯하다. 직설법이 실재를 묘사하고 그것을 말하게 한다면, 조건법은 실재 속으로 깊이 들어가 그곳을 탐사하고 그 세계가 얼마나 복잡하고 모호하며 무궁무진한 가능성으로 충만한지 조용히 폭로하며 실재를 공명시키는 역할을 한다. 게다가 조건법은 주인공을 이런저런 상황 속에 묻어두는 것을 망설이는 소설가들의 소심함을 암묵적으로 보여준다. 항상 능력 밖의 일이지만, 소설가는 자기가 말하고 싶은 것을 정말 잘 말해줄 수 있는 정확한 단어나 표현을 찾아 언어의 어둠 속을 방황한다. 그런 점에서 조건법은 비록 모두가 거부하지만 소설적 글쓰기에 적합한 시제이다.

조건법은 쓰여질 수 없었던 책들의 양식 같다. 초벌 상태로, 그늘 속에, 어느 바깥에 묻어둔 책. 이런 책들이 꽂힌 서재가 있다면 그 책들은 무한정일 것이다. 욕망처럼. 의혹처럼.

25

피에르 미숑*은 한 인터뷰에서 검은 바탕 위에 성
토마를 재현한 벨라스케스의 그림을 환기하며 자신
의 견해를 밝힌다. «성 토마는 의심하는 인물 형상입
니다. 그 의심은 방법적 의심이 아니라, 그보다 훨씬 복
잡한 교활한 의심으로, 한 개인이 지닌 소중한 것을 모
질게 훼손하면서까지 집요하게 파고드는 의심입니다.
(..) 거기, 그 검은 배경 안에는 아무것도 없지 않느냐고
반문하실지 모르겠습니다. 그렇죠. 아무것도 없습니다.
(..) 그건 무(無)입니다. 하지만 격렬한, 의지적인 무입니
다. 뒤에 있는 형상들이 지닌, 아니 그 형상들을 붙들게
하는 의지입니다. 무언가 일렁이는 듯한 이 검은 배경
이 없다면, 형상들은 있지 않게 될 겁니다. 형상들? 그
게 있기라도 합니까? 그렇습니다. 구체적인 형상들이
없기 때문에, 생각이나 담긴 내용물이 없기 때문에 진

---

* Pierre Michon(1945-)은 프랑스의 작가로, 39세에 갈리마르 출판사에서
『Vies minuscules』를 출간하며 문학에 입문했다. 이 데뷔작의 폴리오 문고판의
표지에는 벨라스케스의 성 토마 그림이 실려 있다.

짜 형상이 있다고 말할 수 있을 겁니다. 문학하는 자가 격정적으로 토로해야 하는 것은 바로 이것입니다. 주제도 없고, 테마도 없고, 사상도 없습니다. 말하고자 하는, 이 아무것도 아닌 어떤 것을 기적적으로 만들어내는 격렬한 의지 외에는 없습니다. 아무것도 없지만 하나의 형태를 만들어내는 것, 바로 그 안에 의미가 자리 잡고 있을 겁니다.»

그렇다. 의심이란 음흉한 것이다. 소설가에게 등장 인물은 어떤 덩어리처럼 응축된 명징적인 사실이자 요구이다. 미지의 것이나 그 모든 가능성을 담보한 것이어서 소설가를 그토록 사로잡는 것일 텐데, 그러자면 이 정도는 음흉하고 교활하며 의심스러워야 할 것이다. 철저히 은밀한, 알 수 없는 자이지만 작가를 거칠게 몰아붙여 그에 대해 발언하지 않을 수 없게 만드는 것이다. 이 미지의 인간은 조건법 관할이지만, «빛을 보기» 위해서는 어쩔 수 없이 직설법을 통하지 않을 수 없고, 그래야 스스로도 만족할 것이다.

만족이 안 되어도 출현하기는 할 것인데, 무슨 말인가 하면, 책이 완성되는 즉시 책에서 빠져나가 다시 방랑하기 위해 어딘가로 떠날 것이다. 언제가 되었든, 다른 날에 다시 돌아오기 위해 자신의 고성소로 또 떠나는 것이다.

그는 다시 돌아올 것이다. 같으면서도 다른 모습으로. 변해서 왔으나 익숙한 모습으로. 단어의 욕망이 결코 해소되지 않아 몸서리를 치고 입을 다물며 그 어느 때보다 조용한 모습으로. 그래서 어찌 보면 전혀 알아보지 못하는 모습으로 변해 있을 수도 있다.

그는 다시 돌아오거나, 돌아오지 않을 것이다. 왜냐하면 같은 작가한테 와서 거지처럼 구걸하는 것이 언젠가는 진력이 날 수 있기 때문이다. 다른 작가에게 가서 간청하는 게 나을 듯해 막판에 발뺌할 수도 있다. 아니면 차라리 영영 사라지는 편을 택할 수도 있다. 그래서 그토록 오랫동안 방문하면서 괴롭혔던 작가한테 돌아서서, 한마디 말도 없이, 잠 못 이루는 밤의 조각을(혹은 백야의 조각을), 공허함의 조각을 내밀며 이렇게 말할 것이다. 자, 이것을 먹어라! 어떤 다른 형태의 심판 없이, 그를 마지막으로 영영 떠나기 전에.

책은 없는 것이다. 책은 쓸 수 없는 것이다. 이 결정적인 선고로 입안에는 그 어떤 감미로움도, 어떤 일말의 약속도 없다. 뱃속 저 깊은 곳에 지독히 쓰디쓴 맛을, 가슴 속에 진한 화상 자국을 남길 뿐이다.

밤을 물어뜯고, 납빛처럼 창백한 바람을 씹고, 허무를 들이킨다.

이것이 «글을 쓰는 우리 모두가 무의식적으로 원하는» 침묵의 맛이다.

여백에 그리는 소묘

아직 쓰여지지 않은 책과 함께 혼자 있는 것은,

아직 인류 최초의 잠 속에 있는 것이다.

그렇다. 아직 미개간지인 글쓰기와 함께 혼자 있는 것이다.

그것은 죽지 않으려고 애쓰는 것이다.

전쟁 동안 피난처에 숨어 혼자 있는 것이다.

기도도 없고, 하느님도 없고, 그 어떤 생각도 없이.

– 마르그리트 뒤라스

사시나무

　모잔은 어느 주택 지붕 밑에 있는 스튜디오에 살고 있었다. 그녀가 이 스튜디오에 세 든 것은 우선은 조용해서였고, 창문 바로 앞에 아주 근사한 나무가 있어서였다. 그녀가 새로 쓰고 있는 책을 작업하는 데 아주 이상적인 장소였다. 소음도 없었다. 사시나무가 이따금 떨며 내는 소리와 새들의 가냘픈 소리만 간간이 들릴 뿐이었다. 사시나무 잎들은 화창한 봄날이면 은빛으로 물들고, 가을이면 선홍색으로 물들었다. 우거진 나뭇잎들 사이로 태양이 비치면 그 영롱한 광채 때문에 잠시 정신이 혼미해지는 것을 제외하고는 이곳은 너무나 조용했다.

　스튜디오가 가장 밝을 때는 오히려 겨울이었다. 회색쥐 털처럼 매끈한 마름모무늬가 다닥다닥 붙어 있던 나무 몸통이 헐벗을 때가 되면, 창백한 태양빛에 방의 벽과 바닥도 하얘지기 때문이었다.

　때론 그늘이 지고, 때론 우윳빛이 넘치는 이 방 안

에서 그녀는 자신의 기억이나 생각과 감정들이 조금이라도 일렁일 기미가 보이는지 살피면서 영감이 오기를 기다렸다. 하지만 어떤 미세한 떨림도 없었다. 어떤 인물도 무기력한 꿈의 지평선 너머에서 떠오를 생각을 하지 않았다. 어떤 이미지도 그려지지 않았으며, 어떤 생각도 차갑고 짙은 정신의 안개 속에서 나오지 않았다. 그녀의 두 손은 낮이면 낮마다, 밤이면 밤마다 몇 시간 동안 하얀 종이와 펜만큼이나 무력하게 그녀의 나무 테이블 위에 그대로 있었다. 장소가 조용한 것이 처음에는 그토록 매력적이었으나 점점 싫어졌다. 사시나무마저 적의적으로 보였다. 나무는 리토르넬로*를 계속해서 부르며 앞이 안 보이게 가로막을 뿐이었다.

　책에서는 영영 바람이 불지 않을 것 같았다. 너무 능청을 부리며 일어날 기미조차 없었다. 이 정도로 의욕이 저하된 적은 없었다. 무력감이 극에 달해 있었다. 모잔은 이런 무력감이 한도 끝도 없이 계속될 것만 같은 생각이 들었다.

---

* 오페라, 칸타타, 아리아의 노래 사이에서 반복해 연주되는 기악 부분을 뜻하는 음악 용어다.

그러나 바람은 결국 일어나고야 말았다. 그녀 안에서도 아니고, 밖에서도 아니었다. 땅에서 일어나는 진짜 바람. 갑자기 구름을 몰고, 치맛자락을 걷어 올리듯 나무와 덤불 숲의 윤곽을 흔들어 놓는 난폭한 바람. 모잔은 들릴 듯 말 듯 한 낮은 휘파람 소리를 들었다. 가죽처럼 질기게 들러붙어 있던 침묵은 숫돌 위의 칼처럼 예리해졌다. 종이 묶음의 각 모서리에 좌초한 것 마냥 흔들거리던 그녀의 두 손은 죽은 새의 날개처럼 보였다. 종이는 새의 배처럼 창백했다.

글쓰기란 수면 상태에서 이루어지는 것이 아니라 차라리 하얀 빈사 상태에서 이루어졌다.

*

메마른 백 개의 손가락들이 발작하듯 요동을 치며 격자창에 와서 신경질적으로 부딪히곤 했다. 밤이 무섭고 추위에 고통스러운 사시나무가 방 안을 피난처 삼아 들어오고 싶어 하는 것 같았다. 방 안에는 빛과 온기, 그리고 책상 앞에 앉아 있는 한 여자가 있었다.

여자는 꼼짝도 하지 않은 채로 가만히 밖의 밤보다 더 거친 밤 속으로 가라앉고 있었다. 그녀는 끔찍한 추위에 얼어붙었고 무력한 테이블 앞에 앉아 밤을 샜다. 죽은 자의 옆에서 밤을 지샜다. 글쓰기의 맥박이 이미 멈추었던 것이다.

그러나 나무는 점점 더 강압적이고 격렬하게 격자창을 두드렸다. 바람 속에 몸을 비틀면서 이제는 투덜거리는 정도가 아니라, 신음하고, 뺨을 때리고, 으르렁댔다.

바람 역시 점점 더 강하게 울어댔다. 벽과 지붕, 마당의 모든 나무들을 향해 거센 바람의 무리가 돌진하고 있었다. 그러나 바람은 모잔의 미결된 책에 대해서는 여전히 무관심했다. 단어를 지배할 힘을 잃었기에, 그녀가 쓰지 않은 책, 쓰지 않을 책에 대해서는. 한때 언어의 마법으로 날아올랐던 그녀는 이제 마법이 풀리고 환멸을 느꼈다. 어쩌다, 왜 그 지경에 이르렀는지 알지 못했다.

«마치 사랑의 종말 같아.» 그녀는 혼잣말을 한다. 함께 하지 않는 끝이다. 한 사람은 더 이상 사랑하지 않아

서 떠난다. 무심하게. 다른 사람은 여전히 사랑 속에 있
다. 아직도 미친 듯한 사랑 속에 있어서 자신이 사막 속
에 있다는 것을 알지 못한다. 버려진 자는 그래도 계속
해서 사랑하는 연인을 기다린다. 비장하게 기다린다.
급기야 자신의 삶 전체를 기다림으로 바꾼다. 기다림
은 허무를 축으로 하여 나선형으로 계속해서 돈다. 도
망자는 다른 생을 위해 떠났다. 다른 몸 결에서 즐기기
위해 떠났다. 이 새로운 쾌락 속에서 그는 앞선 일을 모
두 잊는다.

그런데 오랫동안 교제하던 누군가와 멀어지면 글
쓰기는 어디로 가는 걸까? 한동안 함께했고, 안았고, 꼬
옥 끌어안기까지 했던 몸을 떠나고 나면? 다른 누군가
를 위해 떠난 걸까? 변화를 좋아해서? 미발표작만을
좋아해서? 아니면 우리의 상상이나 우리의 문체에 질
려서? 모잔은 아무런 답을 할 수 없었다. 하기야 어리
석은 질문이었다. 그녀에게 더는 영감과 열정이 없었
고, 그게 전부다. 글쓰기의 은총이 그녀에게서 멀어진
것이었다.

*

　어마어마한 충격이 있었다. 유리가 깨지는 소리와 함께 창문이 활짝 열렸다. 부식토와 나무껍질, 짓이겨진 풀과 채소 냄새를 달고 바람이 방 안으로 밀려들어왔다. 비는 내리지 않았지만, 당장이라도 비가 내리리란 것을 짐작할 수 있었다. 축축한 추위였고, 공기는 이미 젖어 있었다.

　바람과 함께 사시나무도 방 안으로 따라 들어왔다. 마치 전투를 하다 뽑힌 거인의 팔처럼 굵은 나뭇가지 하나가 스튜디오 안으로 투신하듯 들어오면서 소파와 작은 테이블, 선반을 엎어버렸고, 주변에 있는 물건들을 모두 부쉈다. 나뭇가지 끝부분이 책상에 부딪히면서 모잔의 두 손 사이에, 그녀가 귀퉁이를 접고 더럽힌 하얀 종이 묶음 위에 와서 좌초했다.

　그녀는 겁을 먹을 시간도 없었다. 도망칠 시간도 없었다. 심지어 죽을 수도 있었다. 그러나 왼손을 살짝 긁혔을 뿐, 다치지 않았다. 그녀는 책상을 가로질러 누워 있는 나뭇가지를 가만히 바라보았다. 가시가 있는 다양한 크기의 잔가지들이 그녀 앞에 펼쳐져 있었다. 나뭇잎들은 거의 남아 있지 않았다. 가을에는 비에 저항하고 겨울에는 서리를 견딘 사시나무는 최근까지만 해도 눈부신 다갈색이었는데, 이제는 잎 몇 개만 남아 있었다. 돌풍의 공격까지 견뎌야 했으니 사시나무는 이제 흔들릴 힘도 없는지 주름살만 구겨진 채 늘어져 있었다. 모잔은 나뭇가지에서 잎을 하나 떼어 부드럽게 문질렀다. 손가락 끝으로 잎맥을 따라가 보거나 톱니 모양의 윤곽선을 따라가 보았다. 이파리를 부드럽게 어루만지며 그녀는 나무와 식물에 기도하며 치료를 염원하던 시대의 종교와 의식을 생각해보았다. 사시나무에 리본을 달고 몸통에 구멍을 파서 그 안에 만성 열병으로 고통받는 환자의 머리카락과 손톱 조각을 집어넣었다. 자신의 병을 나무에 맡기며 통증을 완화해달라고 기도했다. 사시나무가 계속해서 몸을 떠는 이유는 바로 이렇게 인간의 열병과 불안을 떨쳐 내주기 위해서였다. 그런데 이 부러진 나뭇가지는 모잔을 위해 무엇을 해줄 수 있을까? 이제는 아무것도 없다. 사시나무도 모잔처럼 은총을 잃은 것이다.

*

　모잔은 묶음으로 쌓인 종이들을 한 장 한 장 떼어서 가는 가죽끈처럼 길게 찢은 다음, 나뭇가지에 붙였다. 책은 쓰지 않고 부러진 나뭇가지에 하얀 종잇장을 장식했다. 5월의 나무처럼, 아니 성탄절 전나무처럼. 그녀는 침묵의 사시나무를 만들었다.

　그러고 나니 저 아래서 겨우, 마비된 그녀의 정신 속에서 작은 전율이 일어났다. 경탄은 아니었다. 영감의 소생도 아니었다. 그저 갑자기 생겨난, 어딘가에서 풀려나온 듯한 실오라기 같은 가벼운 생각이었다. 나무 한 그루도 등장인물이 될 수 있겠다는 생각. 모든 것이 다 사라지고 나면 말이다.

　그걸로도 좋았다. 그녀는 침묵에 다시 빠져들었다.

마그디엘

그는 무시했을 수도 있다. 첫 출현부터 등장인물은 등을 보이고 있었으니까. 한 남자가 막다른 골목 안쪽에서 손과 이마를 벽에 기대고 가만히 서 있었다(폴랭 페보르그의 머릿속에 이런 실루엣이 불쑥 나타났고, 적어도 이 실루엣만큼은 정확히 포착했다). 쇠 찌꺼기가 붙은 벽은 밤이 깊어서인지 더욱 어두웠고, 벽 몇 군데에만 선명한 빛이 웅덩이처럼 고여 있었다. 이 눈이 시릴 정도로 하얀 네온 불빛 때문에 주변의 어둠이 더욱 부각되어 보였다. 출구 없는 막다른 골목길의 벽과 바닥 포석은 비가 내렸는지 물에 젖어 빛났다. 그는 보통 키였지만 다부진 체격이었다. 단추 없는 어두운 직물 외투에는 긴 주름이 잡혀 있었고 외투는 발목까지 내려와 있었다. 갈색 곱슬머리 몇 가닥이 반쯤 세운 외투 깃 바깥으로 나와 있었다.

이 무거운 옷을 빼고는 그다지 볼 만한 것은 없었다. 폴랭 페보르그는 그를 유심히 바라보았다. 외투 뒤

허리춤에 달린 마르탱갈*은 대문자 M을 그리고 있었는데, M의 양다리 부분이 이 남자의 양다리와 왠지 이어져 있는 것처럼 보였다. 옷감이 두꺼워서인지 외투는 더욱 시들고 처져 보였다. 그렇다면 어떤 용모를 하고 있을까? 나이는 얼마나 되었을까? 얼굴은 명확히 구분할 수 없지만, 폴랭 페보르그는 그의 나이를 짐작할 수 있었다. 쉰 즈음으로 보였다. 특별한 근거가 있는 것은 아니었고, 그저 직감이었다(아마도 본인이 마흔아홉이어서 다른 나이의 남자들과 무엇이 다른지 충분히 알 수 있었기 때문인지도 모른다. 등을 보이고 있는 뒷모습 때문이기도 했다. 피로는 올라올 대로 올라와 있었고 고집스러운 의지는 가득한데 짓눌릴 대로 짓눌려 언제 위기가 올지 모르는, 그런데도 아직 힘은 남아 있는 이상한 뒤섞임을 그도 자기 몸에서 정확히 느끼고 있었다). 나이의 유사성 말고는 어떤 신체적 유사성도 없었다. 등장인물은 어깨가 넓고 육중했으며, 그는 키가 크고 말랐다. 더욱이 성격의 유사성도 전혀 없었다. 이 묵직한 등장인물은 그의 생각 속으로 은밀하게 들

---

* Martingale: 외투나 바지 뒤 허리춤에 벨트 모양의 끈을 덧붙인 장식을 가리키는데, 원래는 말이 머리를 숙이지 못하게 말 안장에 매는 가죽끈을 가리켰다.

어와 안착했지만, 분명 그는 자신의 분신은 아니었다.

　묵직한. 적합한 단어는 맞다. 무겁고 과묵한. 그러나 그렇게 소설적이지는 않다! 그렇다면, 심미적으로 보잘것없고 조형적으로 초라해 보이는 이 심상을 가지고 도대체 무엇을 한단 말인가? 그를 어떻게든 묘사하는 게 작가의 일인데, 그런 작가를 향해 고집스럽게 등을 보이고 있다면 어떡한단 말인가? 신발 바닥은 포석에 달라붙어 있고, 이마와 손바닥은 벽에 갖다 붙인 채 그는 꼼짝도 않고 서 있었다. 더욱이, 한밤중 막다른 골목의 끝은 그와 관련된 모든 글쓰기 구상이 결국 실패하리라는 것을 통보하는 듯했다. 일견 될 것 같아 시작했지만 다시 미심쩍어진 폴랭 페보르그는 그만 접기로 했다. 말 그대로 더 이상 끌어낼 게 없었다. 아무것도 보이지 않았다. 그도 그럴 것이 이 인물은 계속해서 어두운 창자 속 같은 골목길에 홀로 버려져 있는 조각상 역할만 하려고 했기 때문이다!

*

등장인물은 우리 마음대로 선택할 수 있는 게 아니다. 다루기 곤란한 인물이어도 쉽게 제거하지 못한다. 폴랭 페보르그는 20편 정도의 소설과 50여 편의 단편소설을 쓴 작가로서 이런 것을 너무나 잘 알고 있었다. 그의 책에 등장한 수많은 인물들 가운데 많은 이들이 그를 애먹였다. 그리고 그 가운데 몇몇은, 그의 상상 속에 처음 모습을 드러냈을 때, 무의미해 보일 정도로 어떤 글쓰기 욕구도 불러일으키지 않았다. 그럼에도 불구하고 매번 욕망은 의심과 좌절 사이의 수많은 전환을 겪고서, 비록 늦더라도 끈질기게, 끝내 일어났던 것이다.

골목 안쪽 끝에 있던 인물이 돌아왔다. 여전히 같은 이미지로. 남자는 움직이지 않았다. 어두컴컴한 벽을 비추던 시린 네온 불빛도 그대로였다. 장면은 여전히 절망적으로 아무 소리도 없고 딱딱하게 굳어 있었다. 폴랭 페보르그는 그가 돌아온 것을 확인하는 정도에 만족했을 뿐, 완고한 이미지를 억지로 부수려 애쓰거나 거짓된 인상을 줄 수 있는 의미를 부여하려 하지 않았다. 단지 허리춤에 구불구불한 끈이 달린 후줄근하고 커다란 외투를 입은 남자를 바라보기만 했고, 그에게 익숙해졌다. 낯선 자가 친숙해졌다. 그러다 어느 날 그는 이름을 갖게 된다. 작가가 미리 선택한 이름은 절대 아니다. 이름을 붙일 생각조차 그는 하지 않았다.

어느 날, 그러니까 폴랭 페보르그는 찌릿한 이미지 하나가 지나가면서 «자, 마그디엘 어때?» 하고 말하는 것을 듣게 된다. 이런 이상야릇한 이름이 어디서 나왔을까. 훨씬 단순하고 흔한 이름을 생각했지만, 딱히 잡히지 않았었다. 분명 등장인물은 자신이 어떻게 불려야 하는지 작가보다 더 잘 알고 있었고, 그 이름을 부여할 것을 요구했다.

폴랭 페보르그는(아마도 상상력의 부재를 인정하고 싶지 않아) 이 신기한 일방적 결정에 대한 답을 찾다가, 마침내 찾았다는 생각이 들었다. 적어도 부분적으로는, 백 번도 더 본 빌어먹을 그 마르탱갈 때문인 것 같았다. 제법 널찍한 등을 보이며 약간 등이 굽은 듯 이 인물이 앞으로 고개를 숙이고 처음 그의 상상에 나타났을 때부터 이 M자 모양의 허리 고리를 너무 많이 본 탓일까? M이라면 미셸도 있고, 마르탱도 있는데. 또 마티아스, 마르크, 막심도 있는데 왜 하필? 그러나 그는

그 문제를 더 깊이 파고들지 않았고, 그의 등장인물을
마그디엘이라고 부르는 것에 익숙해졌다.

*

막다른 골목에 서 있던 그 남자 이름이 정해지자(아
니, 등장인물 스스로가 계시해오자), 폴랭 페보르그의
상상력이 발동되었다. 마침내 그에게서 시작해 소설
하나를 써보고 싶다는 욕심이 생겼다. 그러나 여러 번
의 헛된 시도 끝에 결국 포기하고 말았다. 결정적으로,
마그디엘은 소설 속 등장인물이 될 만한 소재를 가지
고 있지 않았다. 작가의 정신 속에 투영하려고(그리고
점점 더 고착하려고) 애쓰던 이미지에서 검은 화강암
바위처럼 밀도 높은 형상이었던 그는 단어로 옮기자마
자 밀도를 잃어버렸다. 각 문장의 모퉁이에서 빠져나
와 안개처럼 흐려지고 물처럼 흘러내렸다.

폴랭 페보르그는 그러면 단편으로 써봐야겠다는
생각을 했다. 밤 덩어리에서 거칠게 잘라낸 이 인물이
압축된 형태의 소설과 더 잘 어울릴 수 있으면 싶었다.
그러나 그는 또다시 실패했고, 그가 쓰려고 했던 모든

것이 얼마나 거짓이었는지 느꼈다. 마그디엘은 지친 어깨에 그나마 남은 힘을 다해 모든 것에 "아니오"라고 말했다. 매번 돌아오는 이 "아니오"라는 대답은 인위적이고 무가치한 픽션 예술에 정곡을 찌르는 것이나 다름없었다. 배우가 자신에게 어울리지 않는다고 여기거나 단순히 흥미가 없는 역할을 거절하듯 이런저런 플롯을 거부하는 것만이 아니라, 이야기 안으로 들어간다는 사실 자체를 거부하는 것이기 때문이었다.

폴랭 페보르그는 패배를 시인하지 않을 수 없었다. 마그디엘은 «픽셔너블»하지 않았다. 그렇다면 그는 무엇일까? 그는 무엇을 원하고 있을까? 그래도, 그도 어떤 것을 기대하고 있지 않을까? 소설가의 정신에 뿌리내린 채, 그 과묵한 모습으로 떠나지 않고 괴롭혔다면, 뭔가 이유가 있지 않겠는가. 소설적 글쓰기의 부질없음을 알려주기 위해 침묵의 전령사처럼 온 것일까? 그래서 그토록 어두웠던 것일까? 아니면 특별히, 폴랭 페보르그가 여태 쓴 책 모두가 쓸모없다고 말해주러 온 것일까?

그럼에도 불구하고 그는 한번 더 도전해보기로 했

다. 한 번도 탐험해보지 않은 글의 길을 아무렇게나 가 보았다. 그는 매우 짧은 글들을 썼는데, 이 수수께끼 같은 인물, 마그디엘이 등장하는 각각의 글에서 행동을 묘사하되 직접적으로 관여하지 않도록 주의했다. (어쩔 수 없는 경우에는 최소한으로 축소했다.) 마그디엘은 각 파편 글에서 간략하게 소묘됨으로써 오히려 전체 톤을 맞추는 역할을 했다. 무거우면서도 불안한 톤. 음악으로 말하면 그는 책의 기준 음이었다. 연속적으로 이어진 프레스코화에서 작품 저 구석에 그려져 있지만, 도선(導線) 역할을 하는 천사나 성인 같았다. 아니면 세마 의식에서 빙글빙글 도는 이슬람교 수도승들의 정신이 혼미해지지 않도록 그들 사이를 솜씨 좋게 스치듯 지나가며 조심스레 걷는 사람 같았다. 여러 갈림길과 가파르고 험한 작은 길을 헤매며 다니다 마침내 전환점을 돌았다는 확신이 들자 폴랭 페보르그는 글을 쓰는 물리적 방법을 바꾸었다. 이전부터 사용해오던 종이나 펜을 포기하고 컴퓨터를 택한 것이다. 요컨대 마그디엘이 그의 모든 습관을 수정하도록 부추겼다.

그러자 이야기가 잘 풀려나갔다. 마그디엘이 조신

하게 가만히 있거나 거의 드러나면 안 되는 이야기인 데도 말이다. 작가는 결코 그의 정면을 보여주지 않았다. 말을 시키지도 않았다. 결연히 지켜야 할 일종의 금기를 따르게 했고, 마그디엘은 철저히 묵언을 수행했다.

폴랭 페보르그는 마침내 이토록 쟁점적인 인물을 쓰기에 적합한 문학적 공간을 찾아냈다. 그는 이런 파편적 글쓰기로 자신이 어디까지 갈 수 있을지 알 수 없었지만, 새로운 글쓰기 방식의 어려움과 마그디엘의 조금은 다루기 쉬워진 태도에 자극받아 책의 지평선을 단단히 잡은 기분이었다. 외투를 입은 그 남자는 적어도 완전히 사라지지는 않았다. 저자와 암묵적으로 체결한 계약에 동의하는 것 같았다. 글에 나타나기는 하지만, 얼굴을 보이거나 말을 하지는 않기. 아주 역설적이게도, 지워졌지만 약간 거리를 둔 채 항상 존재하기. 마그디엘이 소설가를 위해 새로운 유형의 인물을 창시한 것이었다. 말 없는 침묵으로 더 웅변적인 존재. 익명의 비활동성으로 더 강렬한 이름. 적어도 이야기에서는 가장 핵심적인 정수. 그렇다면 이것은 어쩌면 저자의 영혼 그 자체인지도 몰랐다.

폴랭 페보르그는 이렇게 위험천만한 글을 써본 적이 없었다. 그는 이 인물의 마음에 더 가까이 다가가려면, 픽션(허구)을 떠나거나 최소한 그가 가진 인위적인 기교들을 포기해야 한다고 느꼈다. 가득 찼는지 비었는지 잘 알 수 없는, 모호하게 투명한 잉크병처럼 유리로 된 마음.

예측할 수 없는 마음, 그의 마음.

*

오후였다. 다른 날처럼 집중도 되지 않고 영감도 떠오르지 않아 작업에 고전하던 폴랭 페보르그는 무슨 엄청난 기습을 받은 양 갑자기 일을 중단했다. 한 방 먹은 듯한 충격에 표현할 말도 찾지 못했다.

비탈에 엎드려 있는 마그디엘의 모습을 언급하는 단락을 쓰고 있었는데, 이야기 속의 화자가 돌아다니고 있던 길 가장자리 어딘가에서 놀라운 섬광을 본 것이다.

이 섬광은 컴퓨터 화면에서 생긴 것이 아니라(폴랭

페보르그는 고개를 숙이고 자판을 보면서 쳐야 해서 눈길을 얼핏 던질 뿐 화면에 눈을 고정하는 일은 거의 없었다), 그의 머릿속에서 일어난 것이었다. 크게 뜬 두 눈에서. 눈동자 속에서.

마그디엘이 아무런 예고도 이유도 없이 지금까지 능숙하게 감춰왔던 자신의 얼굴을 그를 향해 천천히 들어 올리고 있었다. 폴랭은 아연실색했다. 마그디엘의 눈이 자신의 눈과 마주친 순간, 왕뱀 또는 거대한 쥐, 아니면 얼음장 같은 미소를 짓고 있는 살인마라도 본 듯 완전히 겁에 질려 의자에서 벌떡 일어났고 책상을 박차고 나왔다.

너무 질겁하여 뇌의 호흡이 정지된 듯했다. 폴랭은 현관 벽에 걸려 있는 웃옷을 부리나케 집어 들고 집에서 뛰쳐나왔다. 길을 따라 한참을 걸었다. 술집 하나가 보여 들어갔다. 세 잔의 커피를 마시고, 브랜디 작은 한잔을 들이키고 나니 좀 정신이 들었다. 그제야 공포의 이유에 대해 생각해보았다. 이게 말이 되는가? 너무나 우습지 않은가? 그는 두 가지 생각이 들었다. 기겁해 실성한 듯 도망친 것은 분명 기괴한 뭔가가 있어서였다. 그러나 실제적인 위협에 의한 것이기도 했다. 마그디엘은 다른 등장인물들과는 전혀 달랐다. 문학적인 관점에서 그는 다른 누구보다 그를 시험에 들게 했다. 그의 작은 상상 공장을, 그의 스타일과 리듬을, 심지어 글 쓰는 기술적 도구까지 완전히 뒤엎도록 강요했다. 그는 음각으로 움푹 파인, 한마디로 수수께끼 같은 인물이었다. 특정한 성격이나 특별한 열정을 구현하지도 않았다. 그는 전에 연극에서 프롬프터 역할을 하던 사람과 비슷했다. 움푹 파인 곳에서 몸을 숨기고 배우가 혹시라도 대사를 암기하지 못할 것을 대비해 대본에 쓰여 있는 단어를 하나하나 읽어주는 자였다.

그는 자기 구멍에서 나올 수 없었다. 무대에 올라갈 수도 없었다. 검처럼 눈부시게 빛나는 빛을 그의 얼굴에 띨 수도 없었다!

마그디엘은 자기 얼굴을 그렇게 급작스럽게 공개할 권한이 없었다. 치명적인 시선이었기 때문이다. 마치 이지러지는 태양이 눈에 치명적인 것처럼, 날카로운 소리가 청각에 치명적인 것처럼, 차가운 서리와 뜨거운 불이 피부에 치명적인 것처럼, 매우 격한 충격이

심장에 치명적인 것처럼. 견딜 수 없는 명료함에 에워싸여 양심의 가책을 느끼도록 돌연 신의 법정으로 데려가는, 살아있는 자의 목덜미를 잡은 천사의 손처럼 치명적이기 때문이다.

치명적인 것은 그게 전부였다. 무기나 독도, 고통을 가할 최소한의 도구도 필요 없다. 그의 존재의 가시성, 그 하나 때문에 치명적인 것이다. 폴랭이 느낀 것은 바로 이것이었다.

*

길을 걷다 술집에 들러 마음을 진정시킨 폴랭 페보르그는 집으로 돌아왔다. 그의 공포는 정말 강렬한 것이었으나 이젠 사라졌다. 약간의 혼미와 밀려오는 피로가 조금 남아 있을 뿐이었다.

그는 다시 책상으로 돌아왔다. 환영이 돌아온다 해도 무서워하지 않을 수 있었다. 번개는 같은 자리에서 여러 번 치지 않는다. 폴랭은 이 내면의 이상한 공격을 그저 정상 주행을 하다 당한 아주 이례적인 사고쯤으로 생각하기로 했다. 어리석은 미신에 빠지고 싶지 않아 바로 작업에 돌입하고도 싶었다.

컴퓨터 화면은 어두웠다. 폴랭은 마우스를 움직였다. 그런데 아무리 이리저리 움직여 봐도 화면은 밝아지지 않았다. 강하게 힘을 줘봐도 소용없었다. 그는 점점 신경질적으로 마우스를 클릭해댔고, 마침내 화면이 다시 밝아졌다. 검은색에서 눈부신 하얀색으로 바뀌었다. 폴랭은 이번에는 문서를 불러오기 위해 다시 마우스를 움직였다. 그러나 아무런 단어도 나타나지 않았다. 제목조차 나타나지 않았다. 아무것도 없었다. 원래대로 돌려놓기 위해 그는 몇 시간을 컴퓨터 앞에서 보냈다. 결국 문서를 복구하기 위해 이튿날 전문가를 불러야 했다. 그래도 소용없었다. 어쩔 수 없이 다른 사람을 불렀고, 안 되자 또 다른 사람을 불렀다. 모두 할 수 없다고 했다. 그의 문서는 복구 불가능이었다.

자신이 쓴 이야기를 다시 찾을 희망이 한 줌도 남아 있지 않다는 것을 깨닫자 폴랭 페보르그는 부화가 치밀었다. 당장 폭발할 것 같았다. 다시 처음부터 시작할 엄두가 나지 않았다. 영감이 솟구치는 대로 단속적으로 마구 썼기 때문에 정확히 뭐라고 썼는지 알 수도 없었다. 구역질이 난 그는 어차피 이렇게 된 것, 처음에 흥미롭게 글에 승선한 것 말고는 다 시간 버리기에 불과했던 말썽 많은 녀석을 다시는 얼씬거리지 못하게 하겠다고 벼렸다. 믿었던 친구 녀석한테 사기를 당한 기분이었다. 배신당한 기분이었다. 씁쓸했다. 아니면 정말 꿈꾸던 스승을 만나 큰 문학적 미래를 약속받았는데, 알고 보니 순 돌팔이였다거나. 그런 조롱을 받은 기분이었다. 웃긴 놈. 머저리 같은 놈.

그는 바람을 쐬러 밖으로 나왔다. 길에서 행인들과 마주치며 어쩌면 이들이 살과 뼈로 된 그의 진짜 등장인물일 수도 있겠다는 생각이 들었다. 집에 그만 돌아가고 싶었다. 그런데 순간 집이 어딘지 알 수가 없었다. 아무것도 기억나지 않았다. 그는 도시를 헤매기 시작했다.

밤은 더욱 깊어졌고, 그는 닥치는 대로 다니며 길을 헤맸다. 거리감도 없고 사물의 형상도 알아볼 수 없어서 자꾸만 부딪혔다. 부딪힌 사람들이 욕을 해댔다. 그는 그들이 하는 말을 하나도 알아들을 수 없었다. 그의 언어는 소리만 날 뿐 완전히 낯설었다. 하지만 머릿속에서 생각들이 실처럼 흘러나왔다. 그렇다면 아직은 그에게 언어가 남아 있는 것이다. 그러나 그것은 말줄임표 속에 떠다니는 불확실한 것, 덧없이 날아가 버릴 것들이었다. 발화되기에는 너무나 약한 단어들, 너무나 소심한 단어들이었다. 이렇게 초라한 단어들이지만 아연해진 그의 정신 속에서 그 나름으로 세계에 대한 새로운 인식을 표출하고 있었다. 완전히 전도된 인식이었다. 도시는 몽상이고, 사람들의 생각은 무질서하며, 인생은 그림자놀이에 불과하고, 자신 역시 환영일 거라는. 그러나 계시만큼이나 강력한 직관으로 꿰뚫린, 생각하는 환영이었다. 현실은 그가 자리한 곳에 있지 않았고, 꿈은 뇌의 눈속임 현상이 아니었지만 둘은 하나나 다름없다는 직관. 현실은 몽상가가 내뿜은 입김이었고, 수증기처럼, 서리꽃처럼, 태양 먼지처럼 거대한 우주의 밤 위에 쌓여 있었다.

*

이슬비에 젖은 바람이 불었다. 그는 외투 깃을 치켜세웠고 머리를 약간 숙였다. 좁은 골목 안으로 휩쓸려 들어갔으나 몇 미터 못 가 벽에 부딪쳤다. 막다른 골목이었다. 발길을 돌리는 대신 그는 벽 앞에 가만히 서 있었다. 얼마나 고통스러웠으면 잠들어 꿈꾸는 중에 이 거친 돌담을 세웠을까? 그는 벽을 더듬거리다가 무기(無機)한 꿈을 꾸는 자의 숨결을 느껴보려 귀를 갖다 댔다. 거기서 무겁게, 거칠게, 열에 들뜬 듯 뛰는 인간의 맥박 소리가 들렸다. 아니, 잘 들리지는 않지만 뭔가 마모되어 나는 소리가 들렸다. 돌 비석이 풍화되어 잘게 부서지면서 나는 소리? 아니면 비석에 새겨진 문자들이 지워지면서 호소하고 속삭이는 소리? 그는 젖은 벽 위에 귀를 더욱 바짝 갖다 댔다. 소리 하나가 계속해서 들렸다. 한계에 도달한, 거의 들을 수 없는 소리. 한숨이었다.

거기에서, 바로 그곳에서, 눈물에 얼룩진 침묵의 한숨 소리가 들리는 것 같았다.

그는 벽에 이마를 기댔다. 그리고 이 돌 속에 숨어 있는 익명의 슬픔을 진정시켜주고만 싶은 마음으로 손바닥에 온 힘을 실어 벽을 지그시 눌렀다. 끝없는 슬픔이 느껴졌다.

그리고 그는 모든 것을 잊은 채로, 자기자신조차 잊은 채로, 거기 그렇게 머물렀다. 공허와 균형을 맞추고,

공허를 지탱하며, 공허를 그대로 살려둬야 한다는, 단
하나의 근심과 단 하나의 절박함으로.

나와 너, 그리고 그것

어느 주택 지붕 밑 스튜디오에 세 들어 살던 모잔의 창문 바로 앞에는 사시나무가 있다. 나의 공부방 창문 바로 앞에는 새들이 종종 놀러 오는 감나무가 있다. 창문을 열어 손을 내밀면 부드럽고도 단단한 감잎들이 바로 만져진다. 이 이유 하나만으로도 나는 이 집이 마음에 들어 작년부터 세 들어 살고 있다. 올여름 실비 제르맹의 『페르소나주』를 번역하다 책 말미에 여백의 소묘처럼 첨부된 「사시나무」를 읽고 흠칫 놀랐다면 이런 동일한 공간감 때문이었을까? 아니면 내 앞의 대상물을 보며 느끼는 동일한 감각적 체험 때문이었을까?

나는 번역은 souscription이 아니라 inscription이라고 생각한다. 단순한 서명이 아니라, 적극적인 기입과 개입. 누군가의 말씀을 '아래서' 받아적는 자가 아니라, 그 말씀 '안으로' 깊이 들어가 새기는 자가 되고 싶다. 관계하고 싶은 것이다. 그 무엇을 하든, 나와 너는 관계가 된다. 나는 실비 제르맹과 관계하고, 실비 제르맹은 모잔과 관계하고, 모잔은 창문 밖 사시나무와 관계한다. 작가와 등장인물은 창문을 사이에 둔 나와 너이다. 아니, 두 겹이나 하나인 근원적 구조로서의 나와 너이다. 작가가 '그것'(메시지 또는 주제)을 말하기 위해 '등장인물'을 만드는 것이 아니라, 작가와 등장인물이 나와 너처럼 관계하면 '그것'이 비로소 말해지는 것이다.

19세기 프랑스 리얼리즘 작가들은 작가가 작품 안에 보이면 절대 안 된다고 생각하여, 대신 몰개성적으로 여겨지는 사물들의 디테일을 정확하게 쌓아갔다. 하여, 신문들은 탁자 위에 놓여 있고, 거리의 창문들은 열려 있거나 닫혀 있으며, 세탁장에는 따듯한 샛바람에 세탁물이 나부꼈다. 한편, 이런 사물들을 바라보는 등장인물이 작품 안에 분명 존재하고, 이 등장인물 뒤에서는 어렴풋이 작가가 느껴졌다. 작가가 작품 안에 부재하면서도 두루 편재할 수 있게 하는 놀랍고도 세련된 소설의 한 기법이었다.

20세기에 들어와 탈(脫)주체를 호소하는 현대 작가들은 도리어 작가를 작품에 전면적으로 노출한다. 여기서 작가는 등장인물이 아니면서 등장인물이다. 이야기는 부재하고 등장인물은 이렇다 할 말을 하지 않는데 그 이야기를, 그 등장인물을 만들어내는 작가는 글 안에서 울부짖고 호소하기 때문이다. 프랑스 현대문학에 도저한 한 현상으로 나타난 이른바 '글쓰기에 대한 글쓰기'는 탈주체, 탈언어의 사유를 넘어 망아(忘我)와 해탈에 대한 갈구로 이해할 필요가 있어 보인다. 실비 제르맹도 분명 이런 자유를 갈망했을 것이다. 독자를 사로잡을 정도로 등장인물을 탁월하게 육화해야 하는 소설가의 무거운 과제. 이 과도한 부담으로부터 벗어나고 싶었던 것일까? 등장인물을 무대 위에 구현하는 것이 아니라 등장인물을 무대 위에 구현하는 작가를 무대 위에 구현하는 것이다. 하여, 역설이 효과적으로 작동한다. 작가를 완전히 노출함으로써 작가를 사라지게 할 수 있는 퇴로가 마련되는 것이다.

자서전(autobiographie)이 아니라 오토픽션(autofiction)
이라고 새롭게 명명하는 것도 그래서다. 정말 말하고
싶은 것을 말하려다 보니, 조악한 자아(ego)가 자꾸 기어
나온다. 이를 밀어낼 방도가 없을 때, 차라리 작가를, 아
니 글 쓰는 "욕망하는 몸을, 일하는 몸을, 권태에 찌든
몸을, 분노에 휩싸인 몸을, 유혹에 사로잡힌 몸을, 병에
걸린 몸을, 고통스러워하며 죽어가는 몸을, 과잉과 역
설을 양손에 쥐고 저글링하며 불멸의 꿈 위를 줄타기
하는 필멸의 몸을, 생의 공격과 마주한 몸"을 완전히 노
출하면서 스스로 에고의 올가미로부터 해방되는 것이
다.

작가 실비 제르맹에게 등장인물은 personnage이면
서 personne일 수 있다. '누군가'이면서 '아무도' 아닐 수
있는 것이다. 작가는 계속해서 되뇌인다. 그들이 어디
에서 오는지, 왜 오는지, 어떻게 오는지 모른다고. 다만,
느닷없이, 난입하듯, 그러나 신중하게 벽을 통과해 온
다고. 이 '벽'은 등장인물이 들어오는 벽이 아니라 작가
스스로 세워놓은 심리적 저항선인지 모른다. 우리가
글을 쓸 때, 글을 쓰지 못하는 것은, 말하고자 하는 것이

말이 되지 못하고 끊임없이 미끄러져 내려오는 실패한 언표들을 예감하기 때문이다. 그러나 이 언표들을 다시 챙겨 인내심 깊게 부화시키는 주체는 행복하다. 쉽게 쓰여질 수 없음을 인정하며 무한한 멜랑콜리의 힘을 믿어봐도 좋기 때문이다.

자기 얼굴을 보여주지 않고, 절대 집단으로도 나타나지 않고, 홀로 나타나는 자이지만 광물처럼 완강한 존재감을 발휘하거나 거지처럼 붙잡고 놓아주지 않으며 읍소하는 등장인물을 재빨리 태어나게 하기보다 벽 뒤에 더 유보하고 간직해둘 때, 전혀 다른 차원의 기적적인 몸이 메시아처럼 도래할지 모른다.

실비 제르맹의 페르소나주들이 사는 곳이 고성소(limbe)이거나 중선(médiane)의 세계이거나 접어 감친 피륙 부분인 것도 그래서다. 이 페르소나주들은 '-해라'보다는 '-하지 말라'의 율법이 작동하는 세계에 몸담고 있다. 그래서 떫은 그림자 맛이 나거나 밤(夜)의 맛이 난다. 배회증에 걸린 이들에게 '도착하지 말라'는 명령이 떨어지고, 그렇게 미완이자 불만족인 상태로 괴롭힘당하고 충동질당할 때 글이 그나마 탄생할 가능성이 열린다.

파울 첼란을 빌어 실비 제르맹이 득도한 글쓰기의 유일한 비책이란, 주체적 능동성이 아니라 극한의 수동성이다. 기꺼이 괴롭혀지고 학대당하면 나사가 풀리듯 나선형으로 나오고 마는 내적 진액과 그 정수. 문학은 수동성 과거분사의 쾌거이다. 분트글리제네스(Wundgelesenes)다. 쓰는 것이 아니라 쓰여지는 것이다. 읽는 것이 아니라 읽혀지는 것이다.

모잔의 창문 밖 사시나무는 겨울이 되자 온통 헐벗었고, 태양 빛이 창백해지자 방안에도 그늘이 두터워졌다. 이따금 모로 들어온 반가운 햇살에 살짝 우윳빛이 감돌 뿐, 글은 쓰여질 듯 쓰여지지 않았으며, 인내심 깊게 글의 도래를 기다리고 있을 뿐이었다. 나의 방안은 번역의 피로로 인한 무수한 단어와 무력한 단어들이 부유하지만, 창문 밖 감나무는 가을에 어여쁜 주홍빛 열매를 맺었고, 이제 마지막 남은 대여섯 개의 겨울비 맞은 홍시를 작은 참새 무리에게 내어주고 있다.

한 해를 마감하는 겨울 문턱, 이 책의 탄생을 위해 그동안 정성과 노고를 아끼지 않은 신승엽 편집자에게 감사의 말을 꼭 전하고 싶다.

2021년 12월

류재화